镜水秋月

JINGSHUI QIUYUE

葛 新 ◎ 著

时代出版传媒股份有限公司
安徽文艺出版社

图书在版编目（CIP）数据

镜水秋月/葛新著.—合肥：安徽文艺出版社,2023.12
ISBN 978-7-5396-7802-3

Ⅰ.①镜… Ⅱ.①葛… Ⅲ.①散文集－中国－当代 Ⅳ.①I267

中国国家版本馆 CIP 数据核字（2023）第 118574 号

出 版 人：姚 巍
责任编辑：汪爱武　　　　　　装帧设计：徐 睿

出版发行　安徽文艺出版社　　www.awpub.com
地　　址　合肥市翡翠路 1118 号　　邮政编码：230071
营 销 部　(0551)63533889
印　　制　安徽新华印刷股份有限公司　　(0551)65859551

开本：880×1230　1/32　印张：7.75　字数：160 千字
版次：2023 年 12 月第 1 版
印次：2023 年 12 月第 1 次印刷
定价：39.80 元

（如发现印装质量问题，影响阅读，请与出版社联系调换）
版权所有，侵权必究

目 录
CONTENTS

自序 /001

上辑 行旅拾英

走读郊野 /003
城市二咏 /024
少年的河流 /029
花香六月藕 /032
正是群芳烂漫时 /036
平野菜花春 /048
巢湖岸畔写意 /052
一城幽香 /056
读楮 /059
花竹幽窗午梦长 /062
霜晨不萧瑟 /065
窗外的小精灵 /069
夜宿大山村 /074
参谒海子故居 /082
姑苏访友 /087
沧浪亭情思 /091
怀想"十字街" /095
陋室隐 /101
半枝梅的味道 /104
褒禅山寻踪 /107
触目亚父山 /110
秦川大地行 /114

下辑　流光碎影

葫芦记 / 129

摸秋 / 133

西望都江堰 / 137

人过五十 / 144

昨夜今朝间 / 147

迁于乔木 / 151

暮年学驾 / 155

惜秋花 / 159

盲从的代价 / 163

梦里浏阳踏歌来 / 167

我的偶像 / 172

惦记一个人 / 179

惜福 / 183

"漂亮"父亲 / 187

祭念岳父 / 193

父子连心 / 203

致孙儿 / 207

怀中的春天 / 211

家 / 214

窗外的阳光 / 219

别样的招待 / 223

旅途纪事 / 226

谚语里的美味 / 230

自　序

依常例，一本书的出版，作者总得写个序，就像开门迎接客人，先要寒暄几句，以示真诚和热情。可是我有许多的话想说，却又不知从何说起，所以只能茶馆里聊天——想到哪儿说到哪儿。

我是20世纪50年代出生的人，伴随着红宝书的琅琅诵读，念完了小学、初中和高中。在小学代课10个月后，我参军入伍到部队，后考入第二炮兵指挥学院；戎马倥偬16年，转业到地方政府部门工作。这是我的人生粗略轨迹。

一路走来，贯穿于人生不变的爱好，即喜好读书和写作。

人们都知读书要趁早，可在我们年少的时候，正是"破四旧，立四新"的年代，从前出版的图书，大多被视为

"封资修",市面上很难见到,那时满眼充斥的是"三突出"的革命化书籍。仅仅读这些书是不够的,不过瘾的,所以我想方设法去找那些"禁书"看。这样的禁书是稀罕物,很难寻觅,一旦侥幸得手,无不宝贝似的珍惜,没日没夜地偷偷地读。

第一次读的长篇小说是《青春之歌》,借人家的,限期两天归还。我白天上课,两个通宵读完,并做了一个笔记本的摘录。那跌宕起伏的情节、精彩华美的语言,令我惊叹,至今不忘。

第一次拥有的大书是上、中、下三册的《西游记》,竖排的内部版。那是我高一时帮地区妇联承办"批林批孔"墙报,妇联领导送给我作奖赏的。当时读的时候,有些字还不认识,又苦于买不到字典查阅,只能估摸带猜地跳过去。

我应感谢我的父亲。他见我酷爱学习,从我初三开始,便年年给我订阅《解放日报》和《参考消息》。我把阅过的报纸积累起来,打叠成捆,背着它到乡下爆竹作坊,换回收缴来用作爆竹卷纸的"禁书",比如《被开垦的处女地》《苦菜花》《三侠五义》《三家巷》《铁木前传》《撑渡阿婷》《文心雕龙》《唐弢杂文选》《人民文学》这些上百种的图书杂志,我终于拥有了自己的小书架。平日我用这些书私下跟人家交换着看。

待到改革开放,出版业迎来春天,经典重印,新作迭出,新华书店成了热门场所。那些年,大多数星期日,我都是泡在书店浏览选购,有时为了买到某种新书,甚至早起去往书店排队。即便是出差在外,首要的不是游览当地名胜,而是逛书店,看看有没有心仪的书。

世间至宝,书为第一。痛惜年少无书可读,辜负了韶华。青年时期在部队,我给自己拟订了"恶补"的读书计划,无论工作多忙,每天至少要读50页的书。转业地方后,又给自己规定每天至少要读两小时的书。四大奇书、三言二拍、四书五经、六子全书、诸子百家等经典著作,就是这么于不知不觉间读讫的。

读书的感觉真好。大千世界浓缩于方寸之间,却又一幕幕变幻放大展现于眼前。我注目领略,凝神思辨,不觉"跨云横越八万里,乘风回溯五千年",犹如远足游历,一路所见,风景无限,收获满满。

吾乡俗话,"姑子做鞋,嫂子有样"。书读到一定的时候,就想学着人家,把自己的所见所闻、所思所悟诉诸笔端,变成文字。

最初的写作肇始于新闻报道,继而创作诗歌,接后研究思想政治工作,直到知命之年,方才静下来,沉浸于散文随笔的写作。

我不知道对文字的这种挚爱,是否出于"夙根"和"天授",想了想,觉得多少与禀赋有些关系。

  无疑,每个人都有自己的天赋和潜质,正因如此,人与人之间才形成差异,世界才多姿多彩。有个说法叫:拿破仑指挥军队,贝多芬指挥乐队——是什么料,充什么用。我是什么"料",自己不清楚。只是上学时,对语文兴趣浓,接受力超过其他科目,给人印象偏科。事实上也确实偏科,一上语文课,精神就亢奋。从初中、高中到军校,所写的作文没有不受好评的,而且很多被授课老师视为范文,在课堂上朗读,或者讲评。这让我想起民间一句话:好孩子是夸出来的。老师夸我的作文,给我莫大的激励,客观上成了推手,加重了我的偏科。我也明白,偏科并不好,奈何年轻任性,就这么一条道儿走到了底。只是遗憾,最终"偏科"没能成为职业,也未能成就事业,仅成为八小时以外的精神家园,不过倒也陶然怡情,乐在其中。

  写作是一种精神劳动。这种活儿,看似随心随意,人人皆可涉足,但并不像洗衣做饭那么简单易作,你起码得具备一定的文字功力、知识储备和生活阅历,如再深一层起见,还得端正自己的世界观、人生观和价值观,关注自然,观察社会,留意苍生,在融入主流意识和价值的活动中,深度思考,形成自己独有的创见。

  文学创作是写作范畴的一脉支流,既可以植根于纪实,又可以想象于虚构,无论纪实还是虚构,本质上反映的都是社会现实,所谓"源于生活,高于生活"是也。

初入写作门阈,可能都会遇到同样的问题:写什么、怎么写。这两个问题,涉域宽泛,有点抽象,没有一定的创作实践,你是难以领会和把握的。在创作过程中,我确信一个理念——"文入妙来无过熟"。坚持写,不停地写,写多了,写长了,自会体味个中三昧。多读、多写、多观察、多思考,是文章家的提醒,也是我个人的经验。总括起来,我想借用文章家的指点,结合自身的体验,谈谈几点写作感受。

一是,写什么。固然,风花雪月、牛溲马勃皆可入文。但是世界那么大,山川丽景、人文名胜,无处不在;光明与黑暗、伟大与渺小,无时不有;让你耳闻目睹的东西太多太多,而且每天此消彼长,层出不穷,各类信息充塞心间。面对这一切,你想撷取哪个画面哪件事物付诸文字,恐怕一时犹豫难决。那么,到底写什么好呢?我的思路是:写熟悉的、感兴趣的、有意义的、有意思的。熟悉的领域,感兴趣的事物,与个人的生活经历和心性志趣相关。至于何是有意义的,何是有意思的,则全凭自己的审美眼光和价值取向去判断。总之,我写文章必是有感而发,所写的对象先要震撼我、打动我,至少要触动我。下笔前,我得有话想说,我得有写作的冲动,我得有不吐不快、不写下来则会留下遗憾的那样一种心理动态和精神状态。

二是,怎么写。写文章就是说话,把说的话用文字记录下来,就成了文章。依胡适先生的看法,写文章并不难,"要说什么就说什么,话怎么说就怎么说",这给人以莫大的信心和鼓舞。然而,要把"话"说得流畅、优美,有意味,并不是那么容易。常闻"文无定法",实则强调对写作技巧和规律不可拘泥僵化,需要灵活运用、不断创新,而非文章没有一定的法则。胡怀琛选编的《古文笔法百篇》,就为我们提供了参考。我的写作方式不外乎两种,一种是苦思冥想打好腹稿再写,一种是激情来了伏在案头边想边写。写时也不确定什么笔法,只是根据所写对象,把自己想说的话都说出来,并且尽量说好一点而已。人唯求旧,文唯求新。同类题材写多了,就想"脱套去陈"(董其昌语),换一种新的表达方式,包括结构和语言,以求突破,超越自我。初稿写成后,搁在那儿,嗣后再改,反复改,直到自我满意为止。好文章与其说是写出来的,不如说是改出来的。

三是,如何把文章尽力写出味来。相较鸿篇巨制那样的大餐,短篇散文只是小点心,要想小点心甜美可口,须在"情、理、味"上着手。我比较注意这几个方面:首先是放缓叙述节奏,不急于告诉人什么事、什么理,神闲气定,把"材料"切碎,慢慢地说,甚或不妨先说几句闲话,然后才言归正传,如此说者和听者都不用力,气调相应而舒服;其次,营造意象,把握虚实,多用名词和比喻,注重事物描绘和心理感觉描述,调动视觉、听觉和触觉,多给人以画面感、声音感和现场感,避免枯燥说教;再次,句式灵活变化,多用短句,少用长句,字词多用双音节,少用单音节,同时适当留意句末平仄声律,以求读起来顺口流畅,有乐感;接着,以平实的手法来写,主旨朴素自然,适度地修饰语言,讲真话,用真情,不做作,不雕琢,在朴素自然的意境中显示文采;最后,文字风格是因人而异、因时而变的,"少年爱绮丽,壮年爱豪放,中年爱简练,老年爱淡远"(叶松石《煮药漫抄》),这是岁月递进的自然过程,因而可以顺时而变,不必强制自己固守哪种风格,用周作人先生的话说,"写文章第一要把文章写得可以看得,此外的事情都是其次"。

　　文章写成后,回头进行自我评价。文章评价没有统一的标准,我一般按照张中行先生提出的四个方面来审视自己的作品,即是否真实,是否通达,是否恳挚,是否高尚。这样一对照,一检讨,满意的通过,半满意的修改,不满意的舍弃。于己大有裨益。

　　这部书的文章,就是本着上述理念写的,或者说是本人通过这部作品的写作实践获得上述体会的。

　　岁月停不住脚步,人生留不住青春。转瞬间,我已迈入老年。

　　回眸过往,自1986年5月在《解放军文艺》发表第一首诗起,迄今累计创作了50余万字的作品,体裁包括诗歌、歌词、散文、随笔、杂文,其中过半已在报刊发表。现在重温这些作品,比较而言,稍感满意的多为随笔和散文。

散文有广义与狭义之分,广义上,随笔也归属散文,但从狭义上看,二者还是有差异的。散文传导的,重在情感,多赖于感性与形象思维;随笔倡扬的,重在意趣,偏重于理性与逻辑思维。有人说,年轻时宜写诗歌,中年时宜写小说,晚年时宜写散文。从人的成长成熟的心理状态看,这话有一定道理。我的这些散文随笔,就是在50岁前后写的。

老实说,我只是个文学爱好者,未受过专业训练,在文学行家眼里,我的这些作品无疑是粗糙的、稚嫩的,登不上大雅之堂。我心知如斯,却又敝帚自珍。一篇篇作品,犹如诞下的子女,无论妍媸智愚,我对他们都充满着真挚的爱,因为,在他们的身上,倾注着我的心血,寄托着我的情感,延伸着我的生命。所以,立定主意,汇集成书,出版留存纪念。

这是我的第一部个人散文随笔集,一共45篇文章。依文章内容和风格,我将它们分为两辑:"行旅拾英""流光碎影"。书中内容包括:感悟人生百味,探索人性本真,记录亲情友情,描绘生活情趣,赞美山川名胜,讴歌时代春天。

书编成后，取名却颇为费神耗时。书名是书的脸，展示着内在，释放着信息，不可小视。总以为，不论给人给物命名，意味是要义，不仅应含蓄蕴藉，还得有美感附丽其上。缘于此，我先是从涵盖内容角度来考虑的，自己想，也请文友帮着想，想来想去，想了十几个书名，书名倒是都不错，可百度一下，无不重名，只能放弃。最终，跳出内容圈圈，从个人的心境和作品的文境打开视窗，确定取名《镜水秋月》。

"镜水秋月"四个字，源于温庭筠的词："镜水夜来秋月，如雪。"看上去满是画面和静气，给人以雅驯的感觉和想象的空间。况且，对于我来说，生命步入秋天，尘嚣与扰攘越来越远，越来越少，心如止水，平光如镜。寂寥的夜晚，仰望星空，拥风入怀，月辉下就想对着好友倾诉，娓娓地叙谈，悠悠地回味。这样的闲适，这样的心境，不正是"镜水秋月"的写照吗？我喜欢这个书名。

不过，书名终究是外饰，最终，翻开书页，内容怎样，价值几何，喜不喜欢，读者最有发言权，读者才是最好的裁判。

我掂出自己的斤两，知晓本书的深浅，所以不揣谫陋，妄自攀贤，拱手效仿陶弘景，本书"只可自怡悦，不堪持赠君"。

葛　新

2023年5月26日

上辑

行旅拾英

走读郊野

一、引子

推开城市的门,从喧嚣嘈杂中分离出来,我听见自己敲击地面的脚步声,嚓、嚓、嚓……

此刻,日头西斜,我正恣意地行走在郊区的旷野。移动的身影,远处的人看去,以为是在赶路,或在散步,其实都不准确,我就是那么不紧不慢地走,时疾时徐地走,随心随意地走。间或,停顿下来,做一会儿漫无目标的瞭望。天空不再狭小与残缺,状若巨伞的穹顶下,地平线展露出它原有的开阔与邈远。我豁然感觉胸襟像天地一样的敞亮、空灵。一个人的郊野,真好,一路无语,心头却好似有鸟鸣欢唱,溪水潺潺。

这是我例行的健身走,每日的必修课。人离岗了,时间余裕贱如草。

我是一个乐生者,心理从众却又特立独行。最初是在大街小巷晃悠的,是和晨风暮雨同行的,可是走着走着,一个闪念,就走出了城郭,走向了郊野。城市是可喜的,繁华,热闹,动感而充满激情。不过相较这样的可喜,我更青睐另一种可爱。郊野就是可爱的,在扰攘与寂寥之间,它以中庸的姿态,把动与静、文与野恰到好处地糅合在一起,织成浓淡相宜的过渡带。带子上落着城市之光的余晖,却不失山水田园的本色。我置身其间,用心去看,去听,去嗅,以至情不自禁地去触摸,不觉在惬意之余,隐隐地有所发现。

二、山水

依我之见,一座城,依山,便增了英气;临水,则添了灵气。诚如明人徐继善、徐善述所言:"有山无水谓之孤,有水无山谓之寡。"二者缺了一方,都是不美的。欣慰的是,我所在的城邑,"登高四望皆奇绝,三面青山一面湖",真是上苍的恩赐,难得的一座山水城市,永远地瞧不够、登不厌。

登山、观水,是我经常活动的项目之一。近距离的,以步当车,远点儿的,则先坐一段公交,然后步行。三面的青山——银屏山、旗山、鼓山、汤山、岠嶂山、紫薇山、凤凰山、龟山及望城岗、放王岗,无不留下我重重叠叠的足印。这些位于江淮过渡带的山,皆为低山,高峰不过三百来米,或呈集群式,或做脉条状,或为孤立形,它们从不同的高度、不同的角度,为我打开了一方方天地,启我心智,壮我豪气。

　　本土曾流传着一首民谣:"一塔撑天系卧牛,晚萃亭内话许由。十景以外又三山,鼓打旗摇凤点头。名扬天下人文胜,曾出九公十八侯。"其中的"鼓打旗摇凤点头",即鼓山、旗山和凤凰山,顾名思义,山形像鼓、像旗帜、像凤凰展羽,它们环城而立,仿如冷峻而威严的卫兵。因了近,我成了它们的常客。山上,昔日的泥石小径被草木淹没,从山脚铺建的水泥路曲折地通向峰顶。

　　稍稍留意一下,觉得有趣,那鼓山、旗山、凤凰山的峰顶,分别矗立着佛塔、寺庙和电视发射塔,貌似不伦不类,却隔山呼应,同时把古代文明和现代文明举向自由的天空。我之所以常登这几座山,可不是欲想昔日公侯之梦,仅仅只是想居高俯瞰市容市貌,检阅小城一年一年的变化。在汲取了头回经验后,通常我上午登旗山或鼓山,下午爬凤凰山,这是因为鼓山、旗山居东,凤凰山居北,要想看得市容清朗,须得避开逆光,顺着太阳走。其实,登山无季节，四季皆有景，只是依着时序嬗变而已。登上山巅远眺，小城一览无余，仿佛伸手就可把它揽在怀里，好不亲切。

四时节气里，清明前后最宜上山望远，这时候，山下的圩田和岗地里，金黄的油菜花怒放，连片连片的，望不到边，仿佛上天的画师作画时不小心打翻了颜料桶，漫天泼洒下来，明晃晃地照亮世界。心下或会想，有人放着身边的宝贝，跟风跑到千百里外的西递、婺源看油菜花，舍近求远真的傻；或又会沉醉其中，就想变只蜜蜂飞入花海里，飞回梦一般青葱年华的时光里，牵着心爱的人儿在花丛里嬉戏疯跑。

只是现在，我有个明显的感觉，感觉老来看山与早年大不同。小时候仰望这些山，仰得帽子都掉下了，那是多么的巍峨高峻啊！而如今，山好像老了，犹如老人一样萎缩，视觉里变成了丘包，似乎几个箭步就可蹿上顶去。思其故，是不是人生旅途中见过太多有形的山，也征服过太多无形的山，从而使人的意识与感知有了异化？大自然是神奇的，人也是微妙的。

山水是一对姊妹花，珠璧契合才为上。看山不看水，半渴；看水不看山，半饥。菜单里山水交融，方可餍足。

多年前，为探察水蓼，我曾花了两日骑车寻遍城内外，目力所触，深为吾乡的水系发达而骄傲。有人不以为然，平平淡淡，有啥看头。我想他错了，犯了视觉上的审美疲劳——熟悉的地方没风景。美的东西，不只裸露在视线里，还藏在意念里。比如，这个"三面青山一面湖"的巢湖，这个"万顷湖光吞岸白"的胜境，小城的居民恐怕没有几人没去看过，有人看了也就看了，至多落下个白浪滔滔的印象，或笼统地赞美一句"湖光山色而已"。我当然去看过，而且年年去，常常去，从西坝口分道，或朝南岸走，或沿北岸行，南至盛湾，北抵温家套。

　　观湖觅景的次数多了，终于发现，若要领略到胜景奇观，须在方位与时段上讲究。比如，湖光夕照——薄暮时分，站在小湾子堤段朝西望去，夕阳浮在湖面，轮廓鲜明如一枚巨大的橘子，霞光满照，风吹浪涌，碎金万点，闪闪烁烁，间或有帆影幢幢，鸥鸟掠过。禁不住会联想起王勃的名句，"落霞与孤鹜齐飞，秋水共长天一色"。

　　又比如，青山白屋——无分季节，也不论晨昏正午，从海军圩湖堤向南岸望去，尖山、楚歌岭一线就像一堵背影的墙，色苍如黛，山岚氤氲，在此映衬下，岸畔碧桂园小区白色的群楼分外醒目，招人向往。再比如，烟雨城郭——此时换个视角，当然是在雨天，转足碧桂园湖岸，把目光投向临湖而筑的小城，高层建筑物及城区两旁的山峦，躲在雨丝或雨后岚气织成的面纱后面，若明若暗，若即若离，朦朦胧胧如一幅神造的水墨画儿。

007

这样的湖,怎能不叫人欢喜?欢喜的不只是它衍生的风光,还有它本身。它是滋养我们生命的饮用水源,是生长"湖三鲜"——大闸蟹、银鱼、凤尾鱼的天堂。

凡诸水,净不净,容不容生灵,鱼先知,鸟也知。一面湖、一条河、一口塘,里面有没有鱼,有多少鱼,多大的鱼,以及鱼品纯不纯,可作为检测水质的简易标志。在巢湖、柘皋河、下阁河、双桥河、裕溪河、清溪河、半汤河,乃至城区内的环城河、陆家河、丁岗河,我就常常见到大大小小各色的水鸟,看到三三两两或成群结队的钓者的身影。就说清溪河吧,它在远郊,是两个县域的分界线,我多次坐公交到沫桥或山口站下,步行到河堤上溜达,用散淡的目光,沿途欣赏着各种各样的野趣。这条发源于邻县山区的河流,曾因上游造纸和化工排放,一度河水污染严重,时过境迁,而今平水缓流,清清幽幽,几米深的水下,隐约可见水藻在随流晃动。倘是春天,还可以听见鲫鱼在漂浮的水藻上打籽的啪啪声。

圣人云,智者乐水。我够不上智者,却是善者。我的博客名字,就叫"善水游鱼"。

三、草木

我曾写过一篇文字,题为《看树去》,说自己喜欢看树,往广里说是喜欢看植物。为识得更多的植物,叫得出更多的名字来,我曾对《诗经》里135种植物和《红楼梦》里267种植物做了研究,至今熟稔在心。城里的草草木木固然也美,譬如公园,譬如绿化带和行道树,但它们的种类和数量毕竟不敌野外,且生存空间也有别,人为施加的意志太多,多为千人一面,少了个性,看了很少为之打动。而郊野的则不同,乔木、灌木、藤类、草类、蕨类、藻类等植物品种十分丰富,且高矮胖瘦,交杂相处,一副无规无矩、形态迥然的样子。

我的闲走似乎也一样,毫无章法,跟着心情遛,遛到哪儿是哪儿。若是秋冬季节,偶或捡一根树枝握在手里,盲人似的点点戳戳,而逢春夏之日,则常于路边采一朵蒲公英绒球、拔一茎狼尾草穗,把在手里耍玩,那样子,一个无事可做的闲客范儿。我就是在这种散漫的状态下,将视线发散开来,捕捉周边的一切。

记忆里好像20世纪90年代后,乡下日常的烧茶煮饭渐渐用上液化气和电能,告别了稻草麦秸和野草杂木那种传统燃料。这为生态的恢复带来了福音。草木的本性,厌恶干预,喜"无为",借助鸟儿、风儿,把种子撒遍山山岭岭。它们有它们的繁衍成长之道。

以鼓山为例,40年前,为开垦山地扩大农作物种植,山上的树木荒草被砍伐殆尽,光秃秃的,无遮无掩,一副黄巴巴的病态样,而今退耕还林,浴火重生,仿佛打个盹的工夫,变得一头的乌发,一脸的浓须厚髯。除了一片片人工栽植的马尾松,还有大量的野生黄檀、楮树、刺槐、山槐、朴树、棠棣、枫香、白榆、臭椿、毛栗、野山楂、山胡椒、卫矛、花椒、六月雪、绣线菊等等。你上了山,若是避开现成的路径私下乱走,走不出三五步的,那些密密匝匝的杂树和荆棘,非在你身上留下刮痕不可,尤其是苍耳和鬼针草,歪厮缠样地缠着你。我老家的祖坟就在山的南麓,坟都被齐腰的杂草和没人的灌木给掩盖了,不得不每年挥镰清理一两次。

就在这座山,20多年前我曾率单位员工,在山的西麓和北坡植下不少外国松苗,现在都已长成合抱粗,有时念起它们,我会特意拐过去望一望、摸一摸,感受时光的成长与岁月的老去。

自然真的很神奇,树木也分落叶乔木与常绿乔木,隐隐地透着平衡法则,譬如:落叶乔木,夏日遮阴,冬日透阳,物候循环,阴阳协和;而常绿乔木,在萧瑟凋敝的冬日,傲然醒目于旷野,彰显勃勃的绿色,点缀着自然的美好,给人以生机与希望。这在乡下的村庄,感受尤为明显。

村里人家依然沿袭传统,热爱在房前屋后栽树。偶然间,一次细心观察,我发现,从前备受青睐的椿、槐、杨之类的常见绿化树种失宠了,消失了。农民们赶新潮,追逐城市的流行风,越来越多地把常绿的香樟和广玉兰请到了门前,同时又不忘在传统的杏树、柿树的果木旁,迁入枇杷这位新移民。这些时尚的植物投下的树荫,好像也成了城乡趋向融合的一个影子。

如果从鉴赏的角度,看树还是宜往山地旷野里走,宜往少有人迹的地方去。山地旷野的树,彻底的自由主义者,野性,肆意,散漫。你看那伸展俯仰、旁逸斜出的各式姿态,就像人关起门来在家里,或者把脚搁在茶几上,或者把身子横躺在床榻上,怎么样舒服就怎么样生长。树们落地为家,不拘肥壤瘠地,仿佛吃粗粮干粗活的汉子,面上粗陋些,身子却高高大大,健健壮壮。

我想它们应该感谢风。风是树的至亲,始终关怀它们的成长,老是摇啊摇,摇得树们一棵棵根深叶茂,遒劲有力,天塌下来也压不垮。不像城里的行道树,少了风摇,根基弱,又修修剪剪,宝宝似的惯着,一场大雪便扛不住,枝杈轰然断送掉脆弱的美丽。

不知出于敬畏还是怜惜,我对楮树别具只眼。在义成圩南北埂道沿线、郭家圩和蔡家圩靠近河流的坡面,以及凤凰山东边脚下废弃的铁路,楮树疯长得如墉如栉,气势惊人。每次路过,我都会投以专注的目光,缓步细察,试图从中发现什么。楮树又叫构树,是一种非常普通的树种,抗逆性强,耐旱耐瘠,生命力极旺盛,郊野里几乎随处可见。可我一直奇怪，为什么人们大多不喜欢这种树？苏东坡说它是"不材木"，朱熹说它是"恶木"。

　　归结起来，瞧不上它的原因，恐怕还是以貌取"树"，嫌它外表不好看，嫌它非栋梁之材，又出于物滥则贱的心理，厌它碍眼。其实楮树浑身都是宝：甜美果实可供人鸟共享，树叶树汁可制药物，而树皮则是造纸的上等原料。这些特质已足够成为我们爱它的理由。其实每一种树，每一株树，最终都是有用的，或为绿化，或为器用，或为薪炭，即使庄子笔下的樗，无用亦为大用。不管别人怎样看，楮树之于我，一如袁中道在《楮亭记》所言，"深有当于予心"。于我，它是耐看的树种之一。

　　观赏草木，晴朗的日子出行固然是好，但要是逢上雨天，也有着别样的意蕴。静静地，一个人，撑把伞，最好选择村村通的水泥道，悠悠地走。这时候人影几无，山色空蒙，四野一片岑寂，唯雨沙沙沙……路旁的河流或池塘，水面上雨滴激起密集的水泡，炒豆似的蹦跳着，蹦着跳着，腾起的薄雾渐渐漫溢开来，偶或有家养的鸭群、鹅群剪浪而行，嘎嘎有声，分外响亮。

　　一会儿雨停了，万物洗刷一新，此时俯看脚边的狼尾草、牛筋草、地肤草、益母草、车前草、狗牙根、泽漆、飞蓬、牛尾蒿、野燕麦、婆婆丁、拉拉藤、菟丝子、蛇床子、石灰菜、曼陀罗、南瓜、扁豆诸般植物，叶片上躺着一团团水珠，叶尖上吊着一枚枚水珠,透明透明,晶亮晶亮,有微风拂来,轻微地晃动着,仿佛可闻琤琤玉音。倘若心念繁忙,无心观景,那便散散淡淡地朝前晃去,一路聆听雨打阔叶的声音,或雨打伞棚的声音也好。或者干脆,既不看又不听,闷头想心思也无妨,一个人的王国,一人坐天下,无纷无扰,自在。

我倒不是矫情,郊野踏看草木,看是一面,另一面则是呼吸泥土的气息,草木的气息,草木和泥土交融的气息。这种难以描述的气息,微微的,淡淡的,唯在周遭贞静中,心神宁静时,你才可以感受到肺叶里的畅然浸润。于途中,兴之所至,我常常会寻一静处,甩甩胳膊,扩扩胸,做一做难得的有氧运动。

四、鸟兽

城邑周边的山,有野猪出没,已不是新闻。但新近风闻,鼓山有狼嗥,我有点奇。鼓山不是那种连绵的山,是孤立的一座山,四围皆是农田,面积不大,海拔也不高。犹记得,20世纪70年代初,这座山的最后一匹狼,被农人烟熏后从岩洞里拽了出来,此后再无狼的踪影。许是生态改善了,现在野狼回来了,只是,它从哪儿回来的呢?我没亲耳听过狼嗥,更没亲眼见过狼影,无法验证这个消息确切与否。但我在鼓山丛林里见到过野猪、獾子和草兔觅食,它们可是狼的美食,从食物链推断,狼的存在是可能的。

我没见过狼,却看到过黄鼠狼。这个学名叫黄鼬的机灵鬼,真是胆大而机警。有次走在旗山脚下的埂道上,忽然有只黄黄的身影闪到埂头,停了停,朝我瞅瞅,瞬间又箭一般地射向坡下的草丛中。我立马认出是黄鼠狼。这个高灵性的家伙,身上附着民间赋予的诡异色彩,容易使人联想到"察见渊鱼者不祥"那句话。但是我不信,不信则不灵,就像听喜鹊叫,欢喜,听乌鸦叫,也一样欢喜。

郊外的旷野平川,乌鸦偶见,常见的是喜鹊,更多的是麻雀。喜鹊爱凑热闹,喜欢把巢筑在靠近人烟的地方,比如村庄、道旁。要想确切知道哪里有喜鹊,最好是在冬季探寻它的巢,彼时树上的叶子凋零尽了,抬眼即可看得清清楚楚。但也有例外,譬如在靠近湖光村的湖滨大道,跨湖的高压电线塔上端,便坐落着一个硕大的鹊巢,碰巧时,你还会见到喜鹊飞上飞下,姿态甚为高傲的样子。而在地面树上筑的巢,则要比它小得多,也多得多,几乎每个村庄都有。

据说这些鹊巢不一定都是喜鹊住的,有的可能过了户,易了主,新主人不是别人,正是大名鼎鼎的斑鸠。斑鸠懒得做窝,好强占喜鹊的巢,所谓"维鹊有巢,维鸠居之"是也。

我对有些鸟儿混淆不清,比如大山雀与白头翁。山斑鸠、珠颈斑鸠也是,我常当它们是鸽子,有时以为是大杜鹃。因其警惕性非常高,一般难以接近。通常它们都隐藏在高枝上,诡秘得很。

杜鹃科的,在我们这儿,常见的有大杜鹃和四声杜鹃。大杜鹃叫声似"布谷、布谷",所以又叫布谷鸟;四声杜鹃又称子规鸟,叫声似"割麦插禾""割麦割谷"。每逢雨前或雨后,你在路上走着走着,冷不丁地,远远近近的,或有斑鸠的鸣叫声传来。相比子规鸟的"割麦插禾"的婉转歌喉,民歌风味,斑鸠的嗓音低沉浑厚,粗犷嘹亮,犹似西洋的美声唱法。我仔细辨听过,斑鸠以"咕"咬字开腔,有点类似杜鹃,唱法有二连音、三连音、四连音,其四连音在第三声停顿一刹那,然后再咕一声,吐口气似的。这种咕咕咕的语言,表达着什么,传递着什么,我不懂,只好奇。据说斑鸠早晚唱法有些区别,不过我还没厘清。

我注意到,鸟雀们白天基本上是分散的,这也不难理解,因为它们要觅食,要谈婚论嫁,要生儿育女。而当薄暮降临,它们便纷纷集结,各归其宗,俨然一个鸟雀的社会和家庭组织。有天黄昏,我正在放王岗南麓的村道上埋头行走,忽有叽叽喳喳的声浪朝我袭来,侧眼望去,原来是斜对面的灌木林上落满了麻雀,估摸有上千只,也不知为家事还是为公事,闹嚷嚷的,吵翻了天。要是小时候遇见,我肯定会捡块石头扔过去,恶作剧一回,但今天没有,我不想用荒唐的不恭,惊扰一个自由而祥和的欢乐世界。

絮絮叨叨的这些鸟,归属于山鸟种群,它们四处飞翔,有的在城区内也可见到。而水鸟则不然,它们有特定的水域。每年11月至次年3月,沿着巢湖湖滨大道散步,常常可以看到大批候鸟和留鸟,在沼泽湿地觅食和嬉戏,东方白鹳、白琵鹭、鸿雁、鸬鹚、反嘴鹬、野鸭,还有一些不认识的水鸟,它们从遥远的西伯利亚北方飞来,有的在此越冬,来年再返回北方,有的则把巢湖视为驿站,在此补充能量,短暂休息后继续往南或往北飞去。平日,天气正常的情况下,在裸露的湖滩浅水处,可见活动着的大量水鸟,但种类不多,以环颈鸻、红嘴鸥为优势种,苍鹭、扇尾沙雉、白鹈鸻、银鸥为常见种,黄鹡鸰、凤头麦鸡为稀有种。

本地常见的水鸟中,我喜爱的有两种。一种是白鹭。我一直以为白鹭只在巢湖水岸湿地栖息,未承想,在远离巢湖十几里的义成圩稻田里,居然落下三十多只。大片的稻苗正在拔节抽穗,白鹭们涉足其间,分散开来,有的低头觅食,有的昂起脖颈做悠闲的瞭望,远远看去,绿毯上嵌着星星点点的白,分明而耀眼,给人以美妙的视觉冲击。

另一种是䴙䴘。䴙䴘,吾乡称水葫芦,以前我一直当它是野鸭,其实不是,它比野鸭身量小得多,称它为小精灵实在恰当不过了。一年三百六十五天,在城西坝口至巢湖闸的湖面,以及天河、环城河,我都能见到它们小巧灵敏的身影。令我意外的是,有天散步到北城郊的老鹤窝村子的山塘边,不经意间往塘口瞅了瞅,竟发现两只䴔䴖正在菱角丛中扎猛子捕食,不知这些惹人怜爱的小家伙,是如何越城到这里来的。可见动物们挣口饭吃,也是历经艰辛,多么不容易啊。

宋末元初文学家舒岳祥有诗曰:"春花不及寒花耐,山鸟何如水鸟清。"看来他是偏爱水鸟,至于为什么,我不清楚。

五、庄稼

阳光、空气、水、土地、庄稼、人,看似各自独立的单元,实为息息相关的生命的链。庄稼活在土地里,人类活在庄稼里,生命的永恒,以转换形态的方式得以传承和延续。

我对庄稼的膜拜,心存至尊。记忆里的大饥荒,一碗米汤就可把路旁的饥饿者救活过来的镜头,总令我颤抖。土地不语,庄稼不语,凡诸为人者无不明白。

农民的骨子里安放着土地,眼眸里看守着土地,土地曾是他们的命根子。如今粮食作物虽然不再是收入主要来源,但若要他们抛弃土地,离开土地,不惜拿汗水挣来的银两去买一日三餐的口粮,那是万万不可能的,至少是剜心割肺般的痛,尽管明白钱粮可以互换。他们对土地的深情,对粮食的宝爱,早已转化成了基因。曾有一户农民因故被罚款,因拖延软抗,罚方强行拉走一车粮食,家中老人扑上去,倒在地上拦阻,哭喊着"宁愿给钱,也不能拖走我的粮食"。可见粮食对农民,有着不可替代的生死情结。

粮食出于庄稼,庄稼系着生命。所以土地是不能荒的,也不会荒的——尽管外地有抛荒现象存在,那是忘乎根本的罪孽。我在郊野一路可见,大片的水田、大块的坡地,长年青青的、绿绿的,便是沟坎地角那些碎片的隙地,也都种上了粮食、油料、瓜果、菜蔬之类的作物,一季接着一季,一茬接着一茬。有的农民进城安居,甚至把这种对土地和作物的感情延伸到城里,在小区的隙地、阳台的花盆,也不忘种几许蔬菜,散发着浓浓的生活味。

只是如今,除了集约式的种粮大户,一般人家只在自有的责任田里栽种单季稻,标准是够吃就行。从前的那种抢收抢种的"双抢"场面,早已沉入历史的册页里。

时代进入工业化、城镇化,农民的传统观念开始松动摇摆,他们爱恋着故土家园,爱恋着庄稼,却又赞叹和向往城市的生活。而城里的人,也觉着隔山那边美,不时把欣羡和赞叹的目光投向乡村田园。曾有都市的居民兴起一股风,到郊区租用农户的土地,自己种菜种果,或者委托农户代耕代种,体验劳动之获,为了生态食品的安全和新鲜。

这种时风也蔓延到了小城。

我的两个同学,就在半汤山岗租了50亩地,盖了房。开荒植下的果木间,季节性地种着玉米、大麦、芝麻、花生、紫薯和菜蔬,又掘了山塘,饲养了鸡、鸭、鹅,不了解的人还真以为是农户人家。我去观赏过,更多的是平日享受着他们馈赠的成果。

我不会种庄稼,但这并不妨碍我对庄稼之美的激赏。我从田间地头走过,视线里的稻子、麦子、油菜,连片连块的,衣装整齐划一,面容清爽俊秀,排队似的端然立着,感觉就像是士兵的方阵,而我分明就是个检阅的将军,不由得自大起来,暗自欢喜。

我用目光抚摸它们,亲昵它们,想着秧苗从萌发、拔节到吐穗、结实,从绿油油的身姿到黄灿灿的靓影,一路跟着季节走,走向周而复始,走向时光深处。时光若是回到从前,年轻的时候遇见这样的景象,我定会激情澎湃,就像当年登青城山一样,唰唰唰,写上好几首诗。但现在很平静,于平静中,我只闻到了饭香,闻到了油香。

闻着,闻着,忽然有一天,我惊悚地闻到了一种"异味"。那是去年5月,下午五点钟光景,我走到义成圩杨陆村口,被眼前的场景震骇了:上百亩的圩田,凄凄惨惨戚戚,枯黄成一片褐色,就像是凋敝的冬季来临。时值初夏,大地有土的地方,无不翠翠绿绿,而这般景象到底何故?

趋前问农人，答说，喷洒了除草剂，等草死光了，过些天泡泡水，再将稻种撒到田里就行了。我又问，田土不翻吗？村人笑了，说，犁田麻烦，谁还用牛呀，如今可省事了，洒洒农药、撒撒化肥，就坐在家里收粮食啦。我茫然。怪不得我没见到耕牛，原来农民是用这种方法种田呀！语云，民以食为天，食以安为先。看来，这主粮安全，怎一个忧字了得。

六、村居

既是闲走，自然，间或也往村庄里转一转，看一看。

城里人，至少如我所在的小城的人，往往把建筑商开发的独门独户的小楼称为别墅。这当然不准确。如果按照这个标准衡量，现在的乡村几乎家家都是别墅，城郊是这样，偏远的山区也是这样。不论你走近哪个村庄，放眼看去，小洋楼一个比一个漂亮，一家赛一家气派。

记得读小学的时候，老师要我们用"掩映"这个词造句，我照猫画虎地写着"我们的学校掩映在绿树丛中"。我第一次意识到须用这个词方才最恰当的，是1981年秋天。我坐火车路过苏南，趴在窗口看唰唰而过的沿线风景，远远望见旷野那边一线绿带，绿带间露出一间间白色的小楼，分外吸人眼球。我惊叹苏南改革开放的最先变化,想回去分享给家乡人,不禁就在心里作着描述,一想,"掩映"这个词噔地就从脑海里跳出来了,哦,"一幢幢白色的小楼掩映在绿树丛中"。

我们中国人的传统,居家过日子,历来房子是头等大事。农民当然也一样,手里有了钱,第一件想做的事就是改善居住环境。所以,你若想了解农村某个地方,某户人家,脱贫了没有,小康了没有,什么别问,看看那里的房子就知道了个大概。

农民们背负重轭,弯腰曲背走了几千年,终于在20世纪初卸掉"皇粮国税"这一沉重包袱,获得了生产力和人身自由的解放。土地里终究抠不出多少金子,他们会聚成潮,涌入城市,涌向远方,回头再把滚滚汗水换来的货币,转化为乡土的一幢幢洋楼。他们焕然一新,脚踩卑微,笑着挺直了腰杆。而城市也在他们微笑的注视里,俯下了曾经高傲的头颅。

忽然想到"比拼"这个词,比拼等于竞赛,激发动力,催人奋进。农民脱贫致富的原动力,很大成分就源自村与村、户与户、人与人的比拼。于是楼房成片,电瓶车成队,小汽车一辆接着一辆。而今衣食无忧,农民又模仿起城里人,开始养花,开始养宠物,开始健身养生,由生存而生活而品味,一步一步向幸福冲去。

而我是个怀旧的人,试图从乡村晃眼的楼群里探访从前的物事，比如旧房子。终于有一天，我在旗山麓下的成家山嘴村，意外发现三间红砖青瓦的老式平房，外墙正面已斑斑驳驳，依稀可见"阶级斗争一抓就灵"的字样，小小的窗户没了栅栏，黑洞洞的，显然久无人住。莫管主人有意无意，闲置的空房子，仿佛是个文物，或如一个标记，它可以成为前现代与后现代的分水岭，叫人感慨唏嘘。

闲兴高涨的时候，我甚至穿过村庄，还到村前的田亩间走一走，感受一下垂柳飘风、稻禾翻浪的意境，希望旧书上所描写的"耕夫荷农器，长歌相应，牧童稚子，倒骑牛背，短笛无腔，吹之不休"那样的野趣，重现于眼前，但是，不可能了，它们已经被机器工具和硬化耕道所埋没，就像土墙茅屋为钢筋水泥洋楼所取代。现代元素已经渗透到乡村的角角落落。

乡村终究是乡村，自由，散漫。村居就是宜远视，不宜近观。近观，就会发现，房子大多幼儿蜡笔画似的，东一撇，西一捺，曲里拐弯，少了规划，没了章法，透出随心随意的根性。这种根性，想是源于自给自足的农耕文化，即便赋予强制力的引导，也不会戛然而止，它有它的惯性。历史留下的定式，只能寄托给时间，相信明天会越来越美好。

媒体说，农村青壮年大都出远门打工或做生意去了，留守的多为老人和儿童。这是实情。但在郊野的村子，有所不同。农民们多半就近进城务工，白天，村舍田野人影稀少，一派安静，而到了傍晚鸡上笼的时分，在我回程的路上，总能迎面碰上一溜溜的摩托车、三轮车，还有小汽车，他们正沿着村村通的水泥路，往村里返，往家里赶，带着疲惫，也带着兴奋。

  我想，或许不用太久，他们也会如我一样，成为这座城市的居民，因为，城市的膨胀，犹如投石击水，一圈圈的波纹正向周围扩展开来。

城市二咏

一、鸟语

花不可以无蝶,山不可以无泉。

依张潮的品位逻辑,今日城市,应当不可以无树,有树不可以无鸟。

其实不用推想,在我居住的这座城市,已然成为现实。

漫步宽阔的街头,最先给人视觉冲击的当是苍翠蓊郁的行道树。那一排排香樟,一列列乌桕,或合欢,或花楸……瞅上几眼,总能唤起人生命的昂奋与青春的畅想。这些取代早年法梧的城市新宠,与城中卧牛山公园的原始密林遥相呼应,与环城河、洗耳池的水色绿荫相得益彰,与街角大大小小广场上的花木草坪珠联璧合,构筑着一座现代园林城市。

树是城市的诗意生命。

城市树木多了,树木大了,人喜欢,鸟更喜欢。鸟是聪明的精灵,至少,鸟的生存与自我保护的智慧,一点也不亚于人类。

近些年,伴随城市绿化工程的扩大,伴随花卉林木的成长,城中的鸟儿是越聚越多了,它们像"农转非"的新居民,兴奋地四处飞翔看新奇,四处游乐着把歌唱。当你穿越小区,跨过马路,行走在护城河边,徜徉于公园里,不经意间,路上可能会有一只或几只鸟儿从你眼前掠过,或者从头顶上的树冠间骤然坠落几声鸟语。于是你的心情也跟着好起来,脚步变得轻快而流畅。

举凡为鸟的声音,我是无不爱听的。只不过,在这座城市,我听得最多的是鹁鸪和麻雀的声音。鹁鸪嗓门大,像美声男中音,浑厚而深长,常常在雨前或雨后,远远近近就会传来"啵咕、咕"或"咕咕咕"的叫鸣声。我不知道这两种叫的区别是什么,只是听着听着便沉醉其中,如果正在小憩,我会眯起眼睛,幻境里渐渐感到那声音是一种召唤,引我不知不觉移步林下,一股湿润的草木清香扑鼻而来,禁不住就想靠着一棵大树静静地睡去。

鹁鸪孤傲,惧人,总是栖息在僻静的高枝上,像逃避红尘的林泉隐士。麻雀则相反,性极活泼,喜群居,爱热闹,乐在人群边缘活动。每天向晚鸟归林的时分,我下班沿着团结路、巢湖路、东风路步行回家,一路上所见的香樟树上几乎栖满麻雀,看上去很像果树枝头挂满了果子,那叽叽喳喳的一片喧噪声,宛似团团浓云弥漫开来,远远盖过了车流人流的鼎沸声。"鸟语倾城醉黄昏"。我脑子里突然蹦出这一句,想象力就戛然凝固了。这时候我就想成为一名鸟语专家,破译出麻雀们叽叽嚷嚷是在交流一天所见所闻,还是在争论雌雄应不应该穿一样服装的老话题。

我喜欢麻雀。喜欢它们活泼、勤劳、乐观和快乐的样子。每个清晨,天色麻麻亮,三三两两的麻雀就会在我卧室窗前叽叽地鸣叫开来,于是我就像少年时听到雄鸡报晓一样,从床上一骨碌爬起来,抖擞抖擞精神,重又满怀激情地投身一天新的希望中去。

二、盲道

有人说,黑夜给了我黑色的眼睛,我用黑色的眼睛寻找光明。光明,只限眼睛看到吗?不,还有双足可以去感知。

在城市里新建改建的马路边,一条条盲道赫然嵌在人行道中间,远远看去,犹如一条条彩练铺展开去——那便是盲人的绿色通道,盲人的光明。

俯视盲道,我惊叹于盲道砖设计蕴含的匠心。你看,那表示可以行进的条形图案,多像等号,凸起的等号不仅可以防滑,似乎还象征着一种平等与和谐;而那提示前方将有路口、障碍或有地形变化的点状图案,则仿佛隐含着传递人文关怀、一切尽在不言中的省略寓意。盲人就是通过这种凹凸不平刺激脚底的触觉,找到了心灵的出口,"看"到了前方那盏熠熠生辉的明灯。

每当我在盲道旁边行走,心头就会升起一种庄严的敬畏感,忍不住会边走边朝它多看几眼。尽管盲道上杳无盲人身影,我也从不敢越足占道。在我的记忆里,盲人通常执一根竹竿,点点击击探着路,一步一步小心地往前挪,还有那三五步一摇的铃铛声,听着听着就容易让人想起阿炳酸楚的胡琴声。

阿炳是不幸的,阿炳无缘走在今天的盲道上。其实在阿炳以前,时光回溯数千年,盲人的脚下和心里一直都是黑暗着的,瞽叟、师旷、左丘明、凯勒、弥尔顿、波切利……一代代,一年年,他们囿于感知世界,挣扎,幻想,渴望如凯勒一般,"假如给我三天光明",我将"走出黑暗",寻找"我的生活"。

人类文明的漫漫之路,最初亦是拄着无形的杖,悠悠、缓缓地前行着,探寻着。终于在 20 世纪 60 年代初,国外有国家率先制定了无障碍统一标准,开启了人性关怀的新纪元。其后,中国开始有《方便残疾人使用的城市道路和建筑物设计规范》出来,宛如一道霞光照射大地,温暖着千千万万盲人。两重世界两重天。盲人从此开始念叨着一个新名词,从此开始渐渐有了自己的专道。2500年前,孔夫子曾对弟子子张、子贡、言游三人说:"治理国家如果没有礼,就好比盲人没有人扶助,迷迷茫茫不知往哪里去。"今天我要说,夫子,你那个担心已无必要了,真的。

少年的河流

　　午后的阳光酷烈,小街路面的青石板犹似一块块烙铁,赤裸的脚踏上去,人就哎呀一声惊跳起来。闪身朝檐下背阴处走,静了静,忽觉有阵阵蝉鸣声传来,仔细辨听,那是附近护城河边树上的蝉儿热得烦躁,叫苦连连,声音虽有些疲惫,却也不失圆润清亮。大人们大都午睡了,原本不喧闹的四周越发显得安详而静谧。

　　这是一段可以恣意支配的时光,这样的难得时光当然属于少年。少年是不习惯午睡的,他们有他们的消闲乐趣。常常,在这段时光里,我就和玉福、阿强、大扁几个玩伴跳入护城河洗澡。说洗澡,其实就是玩水,或说游泳。小东门后的护城河是我们常去的地方。穿过邮电局宿舍区,再过一道敞开的栅栏门,就到了河岸。沿河岸是一径踩出来的自然土路,宽宽窄窄,直里有曲,很原始的样子。

河岸的水边生长着疏疏密密的红蓼和水葱,河面中间可见成簇或连片的野菱角、睡莲和刺芡,开着粉白、明黄、紫红的花儿,偶见一身绿装的青蛙在植物丛中跳跃,栖息叶面的蜻蜓被惊得乱飞。河水清幽幽的,隐约可见水下的灯笼草随着水流的涌动而晃悠,还有鱼儿巡逻似的结队而过。我们下水的河段,水面比较宽阔,水草也相对少些,人在水中可以自由地伸展手脚扑腾。游的回数多了,就觉乏味,乏味就想着来个比赛,比什么呢?就比跳水,比浮水,比潜水。前一项看跳的动作美不美,后两项则看谁屏气时间长。结果,玉福是"跳水蛤蟆",阿强是"潜水老鳖",大扁干瞪眼,而我夺得"浮水皮球"称号,可以浮在水上睡觉,或躺在水面双手抱着香瓜啃吃,样子像水獭。

这样的快乐时光注满年年的暑假。得益于此,成长着的我们也和夏季一起烂漫起来,只是梦里梦外,从此多了一份对护城河的牵念。

护城河,又称环城河,早在明代筑城时就已挖掘成形。缘城而绕的古环城河,全长七千米,接天河,连巢湖,通长江,清澈的活水长流不息,曾集饮用、淘洗、游泳、捕捞、航运于一身。一位老者曾告诉我,20世纪三四十年代,他们从环城河挑水上澡堂,那水清亮得可以照见人的胡须,一点矾也不需要打。

有时候从河里打水,小鱼也会被打进水桶,倒进澡池里还会游来游去,不及时抓出来,就会煮熟了。可见水质是多么的澄澈洁净。有人说,人关心社会,如同鱼关心水质。每个人就像河里的一条鱼,河的水质,关系到每条鱼的生活甚至生命安全。所以,关心水质似乎是每条鱼应该做的事。是这个理儿。

河流也是有生命的,河流的生命和鱼儿浑然一体,不可分离。20世纪70年代,环城河依然有鲜活的生命体征。那时放学,我们常常看见渔人撑一小木舟,赶着一群鱼鹰,顺河流捕鱼,于是就跟在岸边一路追逐着观看,每每看见鱼鹰捉到鱼了,就兴奋地嗷嗷叫着。感觉那时候的鱼真多啊!也的确是多。

我有个同学的叔叔特会潜水捉鱼,往往家里来客人了,一时没菜招待,就到环城河西圣宫桥下的石缝里摸鳜鱼,每次都会摸到好几条。夏夜沿环城河散步,你走着走着,不经意间会踢到石头一样的东西,踢得脚生疼,俯身近前一看,原来是爬上岸的老鳖。对了,有个夏日我和玉福一起游泳,同学玉福跳水,猛然扑通一声砸入水里,吓得一尾黑鱼噌地高高跃出水面。这尾黑鱼有两三斤重,扭动着身子舞了舞,瞬间咚的一声又栽入水中,激起一圈浪花,好好玩。那场景至今历历在目。

浸润少年欢乐的护城河终究是难忘的,雪去春来,花开花落,一直流淌在我的梦中。

031

花香六月藕

　　绿叶阴浓,遍池亭水阁,偏趁凉多。
　　海榴初绽,朵朵簇红罗。
　　乳燕雏莺弄语,有高柳鸣蝉相和。
　　骤雨过,似琼珠乱撒,打遍新荷。
　　……

　　元好问潇洒超逸,盛夏里,寻池畔柳荫处,邀知己三五,临风赏荷,执杯听蝉,良辰美景醉红榴火一片。每读这首《骤雨打新荷》,我就想凑上去位列其中,奉上一盘花香藕助兴,想象他们个个满面欢喜,争相举箸,大快朵颐,一时诗兴大发,啊啊有声。

　　谁不喜欢花香藕呢?"一握弯环西子臂,暖玉玲珑,薄切春冰碎。"在清人钱枚眼里,那出水的花香藕,就像西施的臂膀,白皙丰腴,肤若凝脂,又似精雕的玉璞,浑圆光洁,熠熠生辉,更若凝结的冰凌,刀辉一闪,咔嚓帛裂。此时,无论观赏,还是品尝,你都会沉醉其中不舍回神。

每年,时序一入春末夏初,尖尖小荷头顶"贝雷帽",从水面争相跃起,一转身,又举起小阳伞,风舞翩翩,尽展婀娜之姿。人们指点着,欢喜着,不觉间荷叶丛中就跟着蹿出一枝枝花蕾,几个日头下来,次第开放,或粉或白,引来蜂蝶无数。这时候当属公历六月里,花香藕以全新的娇媚上市了。有朋友临门,在庭院里置一小桌,菜肴什么的可以少几个,唯独不可少了花香藕,切上两三节,最好用青花瓷盘盛上,这一场小酒,保准滋味绵长。花香藕的妙处,头一个是它的嫩。吾乡志上有俚语说:"头刀韭,花香藕,豆芽菜,大姑娘手。"这四者,称道的都是一个"嫩"字,是坊间闾巷一说就垂涎、一垂涎就啧啧的意象。与嫩相偕的是脆,启开皑皑糯米牙,无须用力,轻轻一磕就随汁水粉碎了,如果咀嚼几下,那就等同小磨豆浆了。舌尖微卷,味蕾马上会被一种别样的甘甜所萦绕,仿佛不是食藕,而是在吮吸雪糕,吞咽下去后,稍憩,便觉有一股淡淡的清香弥漫在空阔的口腔里。嫩嫩脆脆、香香甜甜,咂摸着,咂摸着,不禁就咂摸出生活的味道来。

韩愈就很会品味,亦很会赞美,他称花香藕"冷比雪霜甘比蜜,一片入口沉疴痊",好像花香藕不仅仅甘美异常,还潜伏着药物的奇妙。我想起来了,吾乡有一句俗话,是保健的话,叫"男吃韭,女吃藕"。这样看来,藕,无疑是滋阴的绝好佳品了。造物主真英明,夏日,阳气盛,人是需要补补阴的。怪不得老子一再告诫人们要道法自然,道法自然即师法自然,向自然学习,听自然的话,因为时令物品无不深藏着大自然的玄机啊。

补阴不愁,现时藕就很多,农民们自由,许许多多的田亩被辟为藕圃。不像从前,水田一般是不会也不准种藕的,只在河沟和水塘里栽有少量的藕,而且通常在大年前采挖老藕,以供春节制作藕圆子,所以夏日菜场里少有花香藕出售。

那年月,街上鲜见水果,在我们眼里,花香藕就是最好的水果。记得初中时候,有一年夏天星期日的午后,我和俩男同学去城外青蒲葛村的藕塘踩藕。烈日当空,热浪阵阵,只闻塘边柳树上蝉鸣声声,周遭不见一个人影。于是我们胆大起来,跳入池塘,寻一新荷,就用脚顺着荷秆往下探,探到底便使劲踩,踩到藕再用脚往上钩,如果钩不起来,一个猛子扎下去用手将它拽上来。塘水清澈,新藕出浴一般白亮干净,我们大吃猛吃,吃足了,每人折一两张荷叶,将剩余的藕卷上,准备带回慢慢享用。忽然大风一阵阵刮起,满塘荷叶翻卷摇曳,一抬眼,天空阴下来,而且越来越暗,眼看一场暴雨就要来临。我们慌忙跳上岸,雨点噼里啪啦就砸下来了,我们撒开腿,抄近路拼命往家跑。穿越一座乱坟岗时,雷电一闪,路旁裸露的厝棺赫然凸现,吓得我们魂飞魄散,人就像箭一般往前射。待到跑回家,汗水雨水已然分不清了,而那荷叶卷着的花香藕,也早不知丢哪儿了。

正是群芳烂漫时

青春飞扬的季节,开枝散叶,含苞欲放,影子里都浸润着幽香。曾经的花朝月夕,诸事多有失忆,而那段中学实习的快乐时光,潜心入髓,至今不忘。

1975年5月初的一天,阳光明丽,微风习习,巢湖岸畔的银屏山里,一辆大客车卷着风尘驶来,戛然停在项山公社大礼堂门口。车门一开,跳下一群少男少女,他们嘻嘻哈哈,像一群撒欢的小兽,拎着各自的被盖卷向礼堂内蜂拥而去。

这是我们巢县一中高二(1)班全体同学。带队的老师说,我们将在这里住下,实习一个月,理论与实践相结合,对照书本,上山识别和采挖草药,下半年再用一个月时间下村送医疗。

当地群众瞧热闹,以为我们是医校的学生来实习。其实,就是一群大孩子的野外活动。

那年代红色浪潮漫卷神州,一切传统的东西大多被颠覆,上层建筑领域风行革新。教育就像一个人,脱掉旧袍子,换上了新行头。学年从春季入学时起算,学制小学五年,初中不变,高中两年,学农学工学军贯穿于每个学期,大学高考取消,实行工农兵学员推荐制。至于我们的课堂学习,并无计划,可多可少,老师无压力,学生更轻松。我至今还保存着的物理课本,后半连着的纸页尚未裁开,显然没有上完。

我们从高二开始分班,一是文教卫,一是农机电,类似当今的职业中学专业划分。

顾名思义,"文教卫"就是文化教育卫生,许是"文教卫"名字好听一些,或者"专业"干净和雅致一些,女生感兴趣者多。所以,与农机电班相反,文教卫班女生多于男生,不是半边天,而是大半边天。文教卫共两个班。教授卫生课的是学校的陈校医,课本书名就叫《卫生》,厚厚的300多页。陈校医四十多岁,国字脸,梳背头,一副酒瓶底眼镜后面嵌着一只义眼,不知何故,不少女生不喜欢他,甚至有点讨厌,每逢他上课,都不认真听讲。讨厌的原因不清楚,推想可能是陈校医只是兼职教学,不受待见,或是他人到中年娶了个非常年轻貌美的妻子,给女生们一种异类的错觉。其实,陈校医教课是很用心的,他自己刻钢板,油印草药的植物标本绘图和文字说明。我就是在陈校医的课上,牢牢记住了"两快一慢"的打针要诀,并且能自己给自己注射。只是,同学们所学的草药知识和医疗知识是零碎的、肤浅的,毫无系统可言,好在那时学多学少、学好学差无须考试,不用功者,老师也不批评。

现在,一车把我们送到项山来,就是要通过实践,巩固脑子里那一点可怜的知识。

项山公社距离县城20多里,这里群山连绵,重峦叠嶂,早年曾是新四军七师出没的根据地,植被原始,草木繁茂,常用的草药应有尽有。老师把同学们分成若干个组,每个组指定一名组长,每天由组长领着上山寻找、识别草药植物。地点和线路自由选择,草药能采多少是多少,没有具体要求。随着一声"采药去啦",各个小组就像一群群鸽子飞出去,同学们快活得要命,一路追逐嬉闹,小疯子似的,老虎不在猴为王,疯玩。

正是"梅黄杏子肥,蜻蜓蛱蝶飞"的时节,大地万物蓬勃,满目生机。走出课堂、走出县城的我们,面对陌生的山山水水,充满着新鲜和好奇。我是组长之一,每日早餐后,率领全组同学上山。各组先是沿着土路,爬一段漫长的坡,到达走马岭,然后随心所欲地选择方向和去处。我们一路走一路玩,漫山遍岭地转悠,提着编织袋,拎着小镐头,对照书本药草图案,按图索骥地寻觅。女生天生爱看花,注意力多半集中在花草上面。此时正是群芳烂漫之际,山坡和沟壑里,马兰头、野蔷薇、蛇床子、野蓟、酢浆草、六月雪、半边莲、韩信草、夏枯草、野豌豆、野百合、紫花地丁、水皂角、山杜鹃、刺槐、苦楝、棠棣等等,疏疏密密,高高矮矮,开出各色的花儿。每当发现喜爱的,她们就惊喜地大呼小叫,围着观赏半天,忍不住还会掐一朵两朵把玩,或插在他人发间嬉笑。男生骨子里野性成分多,胆大、嘴馋,到处找山里红和野草莓吃,在草丛里寻鸟窝,逮大青蚱蜢,爬树,攀岩,或捡一块石子,随意地找一个目标投去。走远了,玩累了,大家就地躺下小憩,一边仰望蓝天白云,一边闲扯着逸闻趣事。

有天,我们穿过山腰村,爬上银屏山最高峰。这座峰海拔508米,四周山峦起伏,九峰环抱,姿若雄狮,有"九狮抱银屏"之说。顶上有一座叫龙兴寺的古庙,因为"破四旧,立四新",早已断了香火,屋宇破败不堪,摇摇欲塌。又因天高地远,无人骚扰,方才保有了这一块净土。一位老迈的僧人孤独地守着庙门,像是远离尘世的隐士。我们没东西可施舍,反过来,老僧慈悲为怀,善心大发,给我们烧了一壶茶。我们喝着茶,站在峰巅观音台向南眺望,视线里浩瀚无涯,苍茫旷远,天际有一条白练一样的东西,隐隐约约,映入眼帘。惊讶之余,大伙儿议论半天,最后确认,原来这就是未曾亲见的浩浩长江啊。此刻真有杜甫当年登泰山,那种"会当凌绝顶,一览众山小"的感觉,但我们更多想到的是"广阔天地,大有作为",因为在不久的将来,不,明年元月一毕业,我们当中多数同学将会下乡"插队",融入这广阔天地里。

银屏山是座名山,有文字记载,它从唐朝起就扬名天下。扬名天下,肯定有非同寻常的独特之处。对,独特之处就是,在群山幽谷中,藏着一个仙人洞——石灰岩溶洞,洞高20米,最宽处80米,深数里,传说为崔自然、吕洞宾修炼成仙之地。更奇妙的是,洞口离地30米高的悬崖绝壁上,生长着一株苍劲翠拔的奇花——野生白牡丹,已有1300多年的花龄。北宋欧阳修曾游历到此,写有《仙人洞看花》一诗。千年白牡丹被民间神化为"气象花",以每年开花的花朵数量,预测当年的年景——旱涝丰歉,所以,"谷雨三朝赏牡丹",这期间,远远近近四乡八邻的民众,像朝圣一般拥来看花。

我们早知本地的名花名洞,但苦于地方偏远不通车,又年少上学脱不开身,一直未曾目睹过。这次实习正在附近,机缘难得,岂能错过?我们翻山越岭,深一脚浅一脚,转了又转,寻了又寻,终于找到仙人洞的主洞口,又叫前洞口。洞口是天然的,地下杂草灌木丛生,很原始的样子。进洞没走几步,惊得蝙蝠扑棱棱乱飞,我们朝里瞅了瞅,黑洞洞的,什么也看不清,我们感到害怕,于是退了出来。转到洞口绝壁下,同学们饶有兴致,都把目光投向那株千年牡丹,抬头久久凝望着,心中翻涌着好奇,为什么会长在绝壁石缝里?为什么千年都长不大,也不死,年年是老样子?就想到牡丹近前看个仔细。于是男生便试着缘壁往上攀爬,但是绝壁实在太陡太高了,爬不上去,又想绕道从绝壁顶上往下攀,却无径可行,没奈何,只得放弃。但是那颗想近前看个究竟的心,没有放弃。

过了几天,我们从大岭村和小岭村的后山,往西走了很长时间,口渴,便转到一个叫后洞的山村,寻一户人家讨水喝。户主姓董,五十多岁的样子,热情好客,开朗健谈。他说自己曾在这一带打游击,对本地一草一木十分熟悉。我们一边喝茶,一边听他讲抗战故事。末了,我们问能不能到牡丹跟前看看。他告诉我们,牡丹生在峭壁上,人很难爬上去,只有从洞里中间天台上爬出露天窗口,再从崖顶往下倒爬,才有可能靠近牡丹,不过很难,也很危险。他举例说,当年日本鬼子曾想把这棵奇花挖走带回日本,不料搭云梯攀爬时,云梯突然断了,盗花的士兵坠崖丧了命,气得鬼子一梭子子弹打向牡丹后走人。后来"文化大革命"时,有红卫兵想捣毁这棵牡丹,结果害怕爬崖,也没搞成。见我们几个小青年天不怕地不怕,他不好劝阻,只是笑着送给我们一小捆葵花秸秆,用作火把照明。

顺着他指的方向,我们下坡来到仙人洞的后洞口,点燃了火把,一个个猫着腰,像电影里鬼子探地雷似的,摸索着往里走。男生率先,女生随后,一路上大声说话,故意咳嗽,自我壮胆,不时有男生逗乐儿,发出惊恐状的怪叫,意欲吓唬吓唬女生。这时候的溶洞还是天然的,未见一点人工削痕,宽阔处足容我们七人并立行走,逼仄处仅可容单人匍匐前行,因为长年无光照、不通风,洞里弥漫着浓重的潮湿泥腥味。周围环境黑黢黢,阴森森,啥也看不清。有人打退堂鼓,说不看了。大伙儿愣了愣,一时犹豫不决。

这时一位胖子同学提议,既然进来了,今天又没采到什么草药,不如从天窗那地方爬上去,把牡丹挖回去栽到英雄山(卧牛山)上算了,省得人们跑跑颠颠几十里,来这大山里看什么花儿。男生们一听,齐声说好。于是,一行人蛇一样又继续往里游。游了半里多路的样子,发现前面有微弱的亮光,近前一看,果然是座巨大的天台,光线就从上面的天窗射进来的。胖子带头探险攀爬,其余男生紧紧跟上。眼看就要跃上天台,爬出洞口,忽然下面传来女生号啕大哭和惊呼声,不知发生了什么大事,男生们骨碌碌一齐溜下来看究竟。原来女生张同学额头撞到尖石上,肿起鹅蛋大的包,鲜血直往外渗。不得已,救人要紧,我们只好中途放弃挖牡丹行动,护着张同学一起原路出洞。

多少年后回想,若当年那株千年牡丹被我们荒唐地挖走,则断然没有后来热火朝天的十年牡丹节,没有孙悦、宋祖英等歌手前来银屏山放声歌唱了。这是后话。

当时与其说是实习,不如说是游山玩水,或者叫玩中学,学中玩。至于掌握的药理知识、认识的草药植物,少之又少,后来几乎全还给陈校医了。我只记着桔梗、柴胡、枸杞等几个草药名称。班上厉害的,要算储姓同学,他自学中医并会背《汤头歌》,受到过陈校医的表扬。

不过,我的医疗技术还是可以的,准确地说,是勇气可嘉。那是9月份在吕婆店实习,我带一个组下村送医,去的是三胜大队赤脚医生卫生室。有个来求治的十来岁的男孩,头上害疖子,那疖子肿胀得如鸡蛋大小,亮铮铮的,像熟透了的柿子。我拿出手术工具,男孩见着害怕,往后退缩,一旁的村人鼓励说,县里来的医生技术高明着呢。我心里发笑,脸上忍着没笑出来,找出红药水紫药水什么的,拿起扁凿一样的刀子,擦了擦酒精,暗自咬牙,朝着疖子划拉一刀,迅疾将脓血狠狠地挤了出来,随手抓起备好的纱布蒙上,打上几道十字胶布,大功告成。术后,赤脚医生和同行的女同学都连声夸我。只是我心里清楚,自己几两几钱,恐怕离做个江湖郎中还远着呢。

在实习的日子里,作息安排通常是上午上山采药、送医下村,下午自由活动。花季年华,激情澎湃,活力四射,静是静不下来的,总是没事找事儿。每日午后和傍晚,我们排练节目,练习羽毛球,比赛乒乓球,或到附近村子转

043

悠,和下放知青或农民群众聊天,让绘画爱好者给自己画像。记得项山礼堂旁边有口水塘,蛮大,清幽幽的。天热了,十几位同学跳进去游泳,男女混杂一池,在当时算是前卫,引得岸上同学一片欢叫,有好事者甚至把指头含在嘴里,吹起嘹亮的口哨,吹毕,打着手势,发出长长的坏笑。

我们住的项山大礼堂,平时只偶尔用于召开群众大会,或演节目、放电影。借给我们后,女生"富养",老师把她们安排在礼堂后台住宿,就是演出人员的后堂化妆间,一道门进出,安全得很,谁想偷窥偷听,没门儿。男生则"穷养",像摆地摊一样,摊在礼堂大厅,光滑滑的水泥地面,铺上稻草,打开铺盖,一溜的大通铺,挤挤挨挨。男生把女生住的后台称为闺房,自称是保卫她们的家丁。后来听说,在女生入住前不久,曾有一个当地女人在后台上吊自杀,幸亏这一消息封锁严密,否则女生们若知道,岂不吓晕过去?看来人间的事,有的还是不知为好,无知者无畏。

不过,女生们还是被惊吓了一回。那是驻地一个精神病男子,老百姓叫他疯子,邋里邋遢,自言自语,到处乱走。有天他不知怎么闯入女生宿舍,掀开被子要睡觉,把女生们吓得尖叫起来。我们男生闻讯追进后台,好不容易把他架了出去。女生们心有余悸,不敢睡觉,老师便安排男生组成巡逻队,夜间在礼堂周边巡逻,成了道道地地的护花使者。

同一屋顶下,咫尺一墙壁,虽说"男女授受不亲",却阻止不了星光月辉下的青春之梦。每每早晨起床,饶有兴味的话题,多半是说梦。那时我们也不知民间有"晚不梳头,早不说梦"的俗语,就是知道这个俗语,也会当迷信看,依旧我行我素。有一回,从女生那里传出,美女Z同学夜间说梦话,梦里呼喊班上一个男生F的名字。于是,同学们像服了兴奋剂一样,我告诉你,你告诉他,一时三刻人人皆知。我想起一句民间俗话,卖弄似的说道:"日有所思,夜有所梦嘛。"同学们听后,或偷偷窃笑,或神秘诡笑,或放肆坏笑,一个个被压抑了的心底欲望得到了极大满足与释放。

下半年实习,则没有这种情趣了,但也别有一种意味。那时我们不再住礼堂,而是分散住在吕婆店后山的高家村老乡家里,同学们以雷锋为榜样,为住户老乡打水扫地,水挑不动,就两人抬。老乡淳朴善良,心疼城里娃身子嫩,强拉着不让我们干,非但如此,偶尔家里有个好吃的,还送过来让同学们尝尝鲜,相互之间热贴得像一家人。

男生做了许许多多的好事,却也干了一件荒唐事儿。有天实习完回住处,薄暮时分,光线暗淡,碰见村子小溪里一群鸭子正往回游。有个男生伸手逮住一只绿头麻鸭,塞进袋子,悄悄带回宿舍宰了,又到附近代销店打来山芋干散装酒,邀几个同学将鸭子红烧吃了。虽然失主不知,班主任也不知,但参与吃鸭子的同学后来害怕,曾想去坦白和赔偿,却又恐事情闹大了担当不起,所以就闷在心里后悔、自责。要知道,那个年代老百姓生活太苦,养几只鸭子多么不容易啊。

或许是老师有意让我们锻炼,学习炊事,在项山实习的日子里,一日三餐均由学生自己操办,各个组轮流当值。厨房当然也是借用的,一座大灶,两口大锅,汲井水,烧木柴,不过没有饭堂桌凳,吃饭站着,或蹲着,或寻个干净石头什么的坐着。早晨买菜,起早,走十几里的山路,去散兵公社集市上采购,当值的同学们抬着两只大箩筐,里面放着菜刀和剪子,用以防备沿路出没的野兽袭击,那情景真像成年人过日子。我从小近庖厨,有底子,做起大锅饭大锅菜,还是得心应手的,当值那几天自然用心用功,便是不当值,也常会去帮厨,同学们认可我。不过,后来9月份在吕婆店实习,全体师生都在银屏区农机厂食堂搭伙,无须亲操井臼,逍遥自在多了。

俗话说,在家千日好,出门一时难。洗衣服,便是男生们的头痛事,不过不要紧,自有女生代劳。这当中,似乎有些隐秘可探。方式不外乎两种,有女生主动以关怀的姿态应承的,也有男生不置可否强行派给的。谁喜欢谁,谁走得近,只在眉目传语,心照不宣,便是萌动的你有心我有意的好感与暗恋,也以分寸和距离的假装伪饰起来,那个男女之间的"鸿沟",谁都不敢公开跨越。班主任管得可严了,每天除了例行的点名,不时还到各处巡视。有位女生不满,嘀咕说:"这老头真讨厌,管我们那么紧。"她说的老头,是指班主任,其实那时班主任才36岁,搁在今天还是大小伙呢。老师管得紧是紧,但管得了看得见的事,却管不了荷尔蒙旺发的心。男女同学之间隐藏着多少秘密,或是纸条传书,或有桑中之约,我不清楚,但我在收到女同学帮我洗干净叠好的衣服里,发现塞了几枚橘子,红红的,像鲜红滚烫的心,这让我自作多情,暗自甜美了好长日子……

一晃四十多年过去了,青春的记忆,时空上总觉得那么远,却又这么近,近得仿佛就在昨天,梦里梦外满满的亲切。

平野菜花春

三月的田野，仿若皇家的颜色——明黄，穿行在阡陌间，有些微醺，似乎能呼吸到酽酽的富贵气息。一片片油菜花仿如铺天盖地的黄龙旗，飘在旷阔的原野上，香在诗意的季节里。

喜欢油菜花，喜欢蜜蜂一样的守望。每年一踏入春分，清明在望，这期间，在巢湖流域，举目所触的，无处不是盛开着的金黄的油菜花。清晨或者黄昏，在家里是坐不住的，总要出门去散步，去郊外油菜花地的小径上溜达，一边看花丛上野蜂飞舞，嗅嗅空气中弥漫的馨香，一边信马由缰地想些与油菜花有关或无关的事情。单单只到这一步是不过瘾的，于是择个晴朗的周日，呼朋唤友，结伴登上鼓山寺的佛塔，去做更旷远的瞭望。鼓山倒不如叫孤山更为确切，四周一马平川的圩田，站在塔上环眺，圩田和坡地里的油菜花,一片一片首尾相接、左右相拥,锦缎一般铺展开去,其间有河流或沟渠分割,有草水一色的衬托,看上去格外壮观、热烈与别致,兴奋之下,心儿不觉也跟着明媚起来,隐隐地有了想呼喊想唱歌的冲动。

不知道唐代以前,华夏本土是否有油菜。反正打开《诗经》,那里面135种植物,被称作菜类的有莼菜、荇菜、苦菜、荠菜、苦荬菜等等,独不见油菜身影。翻翻楚辞汉赋,居然也无片言只语。想来,或许那时本土真的不产油菜,外域也无传入,或者时人嫌弃油菜烟火味道浓,不入雅流,无以入诗。后一点,《红楼梦》似乎可以证明。《红楼梦》里的公子小姐们饮酒赋诗,嬉戏联诗,竞相吟哦梅花、杏花、桃花、菊花、海棠、牡丹、芙蓉、荼蘼诸花,就是不曾投瞥油菜花一眼。非但公子小姐不屑,连著者大人在一百二十回中提到237种植物,竟也懒得顺带让油菜花出一次场。这让人心下凉凉的、怪怪的,颇为失望,失望之余不免生出不公的愤然来。

好在柳暗花明,终于有人高眼相看。唐宋以降,赞颂油菜花的诗章迭有所见,众多诗人以另一种情怀,从油菜花的色相与芳香里,读出了春意,读出了境界。看看温庭筠"沃田桑景晚,平野菜花春"这两句,就已把油菜花抬到了很高的位置,油菜花突然成了春天的信使、美好的象征。

人多势众,花多势盛。油菜花不喜一枝独秀,她的美,真谛就在一个"势",浓浓密密,轰轰烈烈,一望无际,当你张目望去,不觉迎来强劲的视觉冲击。或如不同的人读出不同的《红楼梦》,在不同的人的眼里,油菜花也开出不同的意味。乾隆六下江南,许是忧念稼穑,体恤苍生,路上见到盛开的油菜花,不禁赋诗咏道:"黄萼裳裳绿叶稠,千村欣卜榨新油。爱他生计资民用,不是闲花野草流。"与皇帝老爷俯视的姿态相异,清人李渔则以平视的角度解读油菜花。他把油菜花比喻为芸芸众生,平民百姓,虽然一样"至贱至卑",但"盈千累万""至多至盛"时,则会变得尊贵,成为强大的力量。

我赞赏油菜花,赞赏她风格的平实。你看,相比梅花的冷艳、桃花的妖娆,油菜花虽然朴素,却也开得明丽而灿烂,给人的不只是亮色和暖意,还有催人奋进的张力与激情。在油菜花的世界,全体公民一律平等,无论白菜型、甘蓝型、芥菜型,它们的秆、枝、叶大小和色彩可能有差异,开出的花儿却是清一色的明黄,并无任何异样,和和谐谐,融成一团儿。听说,香花不艳,艳花不香。油菜花非但开得烂漫,开得芬芳,那里面更蕴含着农人沉甸甸的希望,待到花落籽实归仓,榨出的将是一个个香喷喷的日子。

曾写过一首诗《三月菜花香》,抒发我的喜爱与欣赏,只是,我的喜爱与欣赏,终究无从企及养蜂人。养蜂人对花儿情有独钟,异常敏感,孰薰孰莸,了如指掌。他们最盼望油菜花开。油菜花开的时节,大篷车再也不用到处奔波迁徙了,择一地戛然而止,把蜂箱次第摆开,蜂群呜呜嗡嗡地四散开来,兴冲冲地扑向它们心目中的金色花园。其后,养蜂人就沐浴在融融的春光里,微笑着,忙碌着,天天收获快乐,收获源源不竭的甜蜜。

感受比蜜更甜的当数年轻的恋人,他们双双对对携手野外,带着相机,穿着婚纱,在油菜花间追逐疯跑,闹累了,寻一处景,摆出时尚姿势,展示得意表情。在梦幻里写真,在诗情里留影,尽情放飞青春,放歌幸福。

每当见到这种场景,我便隐隐怀念起青春岁月,赞美着春天的美好,心下只想用元好问的话,祝愿天下"和花和月,大家长少年"。

巢湖岸畔写意

一、耕夫与白鹭

土地醒来,在春阳里揉揉眼,翻身追着耕夫撒欢。泥花盛开。

一片旱田,临湖而卧,隐于葱茏的林木间。耕牛埋首,负轭、曳重,以千年宗祖的范式,牵引着时光。土壤的被子被掀开,蛰虫、蚯蚓、泥鳅纷纷裸露出来。一只白鹭喜滋滋尾随耕夫,踩踏泥浪,大快朵颐。另一只白鹭伫立田垄,昂起脖颈,警惕地瞭望、守护。无疑,它俩是一对鹣鲽情深的伴侣。

耕夫微微前倾着身子,右手扶犁,左手扬鞭,并无喝声,也不落鞭,恍如定格的古老招式,一出乡村剧的原始造型。他和它们,谁也不理会谁,一幅和谐的水墨图。周遭静寂,阒无人影,唯树叶摇曳,艳阳明丽。

我从一牛吼地的距离穿过,从公路行道树隙里窥望。无意惊扰,唯恐惊扰,一如耕夫与白鹭,那是昔日重现的梦。

二、钓者

野性的湖,亲切的湖。挑一竿自适,钓者说,这是上苍赐予的天堂。

湖岸,或三三两两,犹辞章一阕一阕;或成群成队,如汉赋一般铺排。他们从热闹里来,从闲暇里来,从寂寞里来,打开一个个好日子,颐养心情,摄入静气。看得出,获鱼多少并不上心,餍足的是钓取丰盈的静好与欢愉。

春兰秋菊,夏花冬雪。湖水是他们的风景,他们是路人的风景。放眼湖畔,我仿佛看见钓于濮水的庄周,这位逍遥的南华真人坚辞楚王邀聘,决意做个拖着尾巴在泥土中爬行的乌龟,自自在在。

临湖羡鱼,不如退而捉竿。欣欣然,我也步入其列。

大湖蓄养闲情。

大湖无季节。

三、婚纱曼舞

金秋的龟山,爱情与果实一道成熟。

湖光潋滟,水雾空蒙。那向湖心伸展的亲水台,仿佛成了爱情的舞台。一袭白色婚纱,一身白色西服,一对新人俨如一双白鹭,喜气盈盈,引人瞩目。但见,或相依相偎亲昵无间,或牵手展臂做飞翔状,或凭栏远望,或相搂旋舞。浩瀚天空,辽阔水域,凭此广袤而苍茫的背景,欲把青春与浪漫、爱情与幸福,全部录入心灵深处的优盘。今天,他们是十五的月儿,皎洁而圆满。"愿得一心人,白头不相离。"我暗自吟起卓文君的诗句,用目光遥遥地祝福他们。

山临湖,湖拥山,因了一对新人的缀饰,湖光山色益发妩媚。

四、飞翔的纸鸢

万木争荣,大地清明。湖风浩荡,衣袂飘拂。

湖滨大道上,年轻的父母和他们的孩子仰望天空,笑着,跑着,欢呼着。一线风筝,曼飞云天,犹如湖鸥翱翔,翩跹而舞。孩子是主角,是核心,是把玩的操手。捯线,放线,娴熟自如。"草长莺飞二月天,拂堤杨柳醉春烟。儿童散学归来早,忙趁东风放纸鸢。"高鼎时代的图景今天依然可见。

天赋儿童快乐。放飞吧,孩子,放飞你的自由,放飞你的梦想,放飞你未来灿烂的希望。

一城幽香

　　自然里的香，皆知有花香、草香、泥土香，却也有树香，树的通体散发出的那种微妙的芬芳。樟树即是如此。樟树别称香樟、木樟、乌樟、番樟等等，我喜欢香樟这个称谓，名副其实的芳名。

　　香樟原属亚热带植物，是江南的四大名木之一，而吾乡是北亚热带湿润季风气候区，或者说为向暖温带过渡区。少小的时候，我只听说过樟木箱是好宝贝，盛衣服不生虫豸，而且渗透着香气，却没见过活生生的树。

　　城里马路边的行道树，清一色的法国梧桐，学名三球悬铃木，高高耸立着，树干粗大，树冠阔钟形，枝叶浓浓密密，遮阴取凉是它的最大长处。就像人一样，有优点也有缺点，它的缺点便是入夏时毛絮纷纷飘落，招人厌恶。最终在建设大潮漫卷过后被"休弃"，取而代之的是满眼的香樟。

这些像娶亲一样迁徙到本土的宾客,以骄矜的姿态,卜居在城市的行道、河岸、广场、公园、绿化带和小区,居然毫无择席毛病,服土服水,宅心宽厚,苊苊然,长得昂奋而蓊郁。

我住的楼下路两边,就是道轨一般排开向远处伸去的香樟,如果记忆没错的话,树龄应有15岁了。留心多年,四季常青的香樟们,值守了一个秋冬,总是要换装的,而换装的时日正在清明前后。平时香樟的香,是极其微弱的,而到了清明前后,这时节,山色清秀,水色明净,地气热了,风儿暖了,嫩黄的新芽儿,似乎几个夙夜间,就蹿得老长,细细的、弱弱的,跟着便于新枝的叶腋内,探出圆锥花序,花色黄绿,密密如高粱米粒,又小又多,暗香袭人。而与此同时,那些墨绿的老叶,则像穿旧了的衣服,一件件地被扔到了地下。于是春风得意,香樟们焕然一新。

无数的香樟花序,犹如无数的香囊,它们的抽出与绽放,使整座城市骤然弥漫着清新馥郁的气息,沐浴其间,呼吸之余,令人心爽神怡。但是闻久了,兴许为其馨香所"麻醉",倒不觉得香气有无了。这时候你不妨去摘一枝嫩芽儿置于鼻下嗅嗅,包你会龇开八颗牙,叹一声"真香啊",甚或嗅猛了,说不定会打一个响亮的喷嚏。

细心观察可以发现,因汽车尾气与市廛喧嚣,白天的香气是淡微的。倘使你是个有心人,且喜欢樟脑味道,最好选择晚饭后去樟树下散步。在我居住的小城,巢湖路、东风路、人民路、牡丹路、环城路、洗耳池,还有很多很多地方,香樟高大繁茂,都是不错的好去处。灯辉下,行人渐渐稀了,车子也少了,在一溜溜的树下纡徐踱着步子,走着走着,你就会感觉有一股幽幽微微的香风,隐隐约约地扑面而来,仿若一拨一拨佯装赴约的恋人从身旁擦肩而过,遗下缥缥缈缈的香水味儿缭绕着你。于是沉浸其中,不觉就多走了几里路;抑或在树冠下驻足沉思,不舍早早归去。

闻香宜夜晚,尘埃落定,四围寂静,人也容易调适好心情;出行最好一人或两人,人一多,情趣搅杂而寡味。当然也要有风,那种习习微风,风不能大了,大了则将本就幽微的香气吹得无踪无影,雅致尽失。

记不得有多少年了,在香樟换装期间,我常常于夜晚去西环城路溜达,目的非他,即是闻香。那里有一条长长的绿化带,亦可称作简易公园。徜徉其间向两边看去,一边是马路,香樟列兵一样沿路排列,仿佛受到一级保卫,翛然而安然;一边是河流,月华泻照,水韵悠悠,隐隐地有一股诗意涌上心头。兴之所至,有时还会就地往草坪上一躺,或者感激地抱着树干轻轻拍上几掌,心下就想,生命是香的,人生是香的,而我们的日子正如这些香樟,无时不在散发着可人的香味呢。

读楮

我上班经过的一条路边,有一棵粗大的楮树。这棵树位于卧牛山公园西南坡地,与它紧邻的还有四棵耸入云天的枫杨,都是早年天然生成,论年纪恐怕都过了米寿,而今虽垂垂苍老,却依然浓荫如盖。

平日,每当路过这棵楮树身旁,我都会莫名地多看它几眼。有时,我还会驻足,上上下下将它端详一番。后来,慢慢地,我不再只当风景欣赏,而把它当作一本书来翻读,一读再读,试图从中发现一点什么。

楮,桑科,落叶乔木,是一种古老的树种。冷眼看去,楮树的外貌粗鄙卑微,不受待见。可奇怪的是,在自然里,大凡粗鄙卑微的生灵,往往有着超乎寻常的生命力,就像车前草灭灭生生于车马迹中,楮树的适应性与抗逆性之强,少有物种能与它比肩。林间野地、沟坡河岸、道边埂头、房前屋后,只要有点土,有阳光照射,楮树便可旺盛地生长。这样的生长,多是野生,鲜有人刻意栽种它。《酉阳杂俎》记载:"构,田废久必生。"构即楮,田野荒废时间久了,就会有自生的楮。自生,乃得益于果,归功于鸟。入夏,楮树开淡绿色小花,入秋果实成熟,呈橘红色,果味如桑葚一样酸甜。鸟喜食,食后四处飞,泄出果核,不择山川阡陌,落土生根。

人天生爱美物。但由于楮的形象不上眼,人们往往对它不屑一顾,所以城市的行道、乡村的庭院,几乎见不到它的身影。这样也好,少了侵害,就像《庄子》里那棵著名的栎,连木匠看都不看,所以它才落得"不夭斤斧,物无害者"。然而,楮要是生在坟头,则非被削去不可。民间认为,楮跟楝一样,苦相,贱命,不吉利,而不吉利的东西不会容其存活,坏了风水。呜呼,自然之物一旦被赋予人文善恶,其兴衰存亡便由不得自身了。

灯下读古,知"飞鸟无杂病,穷汉没奇症"一说。飞鸟与穷汉何以能够免疫?想必是环境使然。同为自然之子,楮则少了这个命相,天生好生虫害。虫豸啃啮下去,终有一日会枯毙,或者为飙风所腰斩。不过,除其疾患也非难事,只消举起砍刀,照着主干树皮砍扎,像割胶一样,一道一道相间有距,刀痕处便会汩汩流出乳汁似的白色汁液。这种汁液是杀虫防病的天然药物,疗效十分奇特,要不了多久,树病就会自然痊愈,而且一劳永逸,今后再也不会为虫害所侵扰。由物及人,人有时也像楮,受到"虫害",却不自知,也不觉醒。所以必得借助外力,对其施以"斧钺"之法,促其灵魂自救,以获重生。

楮树看似至贱至陋,其实是个"小隐隐于野"的尤物。性耐烟尘,可做工矿区绿化树种;树叶营养丰富,可饲家畜;汁液可制成金漆;木材可做器具和薪炭。尤其宝贵的是树皮,自古就是造纸的上等原料。故"楮"又为纸的代称,书面语中常见的"片楮不留""楮墨之间",其"楮"即是纸的意思。

文学作品最早涉及楮的文字,当数《诗经》。《小雅·鹤鸣》云:"乐彼之园,爰有树檀,其下维榖。"译成今天的白话是,我爱那些美林园,檀树高高枝叶密,树下楮树连成片。诗意告诉人们,楮与檀虽然高矮不同、材质有别,但都是有用的树木。引申开来,人与人的不同,其理亦然。

花竹幽窗午梦长

夏天是多梦的季节。

我喜欢夏天,喜欢夏天午睡,喜欢午睡中做梦。

现在,时序的脚步正在伏天的路上跋涉。"七月流火,九月授衣",溽热的日子还长着哩。我要午睡,像往常一样午睡。

窗外,阳光白花花的,梧桐树上一声声蝉鸣传来,犹如柔声哼唱的催眠曲,听得我哈欠连连。我丢开饭碗,敷衍着抹把澡,遂躲入卧房,歪在榻上书没翻两页,便蒙蒙眬眬坠入黑暗之中。黑暗里渐渐亮起一片天地,我仿佛又回到现实世界,一如常态地忙碌与消闲起来——会友、赴宴、爬山、钓鱼、翻看老照片……

李笠翁在其《闲情偶记》中引用前人睡诗云:"花竹幽窗午梦长,此中与世暂相忘。华山处士若容见,不觅仙方觅睡方。"想象先人置身茅舍中午睡,窗前庭院竹影婆娑,花香四溢,自是诗意缭绕,妙不可言。而今于我,虽蜗居于钢筋水泥方格之中,却也想象成芝兰之室,梦里芬芳。

暑来寒去,花落花开,有梦的日子里,我是安宁而幸福的。

当我听到周围有人呻吟一般叹息"睡不着"时,我总是讶然不解。我不怀疑其存在生理疾患,但想更多的因由可能是心理负荷。其实,前人早已公开睡眠秘诀:"先睡心,后睡眼。"心里装事睡不着,眼睛闭着岂不是痛苦的假寐?

睡心并非饱食终日,无所用心。睡心是一种境界,境界里一眼看去,静如止水,澄澈清明。

诚然,我们大多是凡夫俗子,心底无不怀有种种欲望。人有一些正常的欲望,符合趋利避害的自然法则,原本无可厚非。只是有些人不厌其多,也不厌其高,他们把大大小小的欲望塞入行囊,长年背负着匍匐前行,一路上磕磕绊绊,一路上抱怨哀叹。他们最终没能懂得,"走不完的前程,停一停,从容步出;急不完的心思,想一想,权且放下"。于是陷入忧虑、郁闷与烦恼,于是心灵躁动不安,难以入眠。

说到欲望,忽然想起孔夫子。孔夫子像常人一样也怀有功名利禄的欲望,不过他又与常人迥然不同。他说:

"假使富贵可求的话,即便是做下等差役,我也愿意去做。如果不能求,那么我还是干自己喜欢的事。"圣人毕竟是圣人,云卷云舒,想得开,收得拢。因此我推想,孔夫子一定饭吃得香,觉睡得宁(是否午睡未曾考证),否则,在那个年代,何以能够活到七十三岁那样的高寿?

从前读过一则故事,说的是一位红军将领,即便战事再紧,只要午间枪炮声稍有停息,他便要利用这一间隙睡一会儿,哪怕打个盹也不改午睡习惯。这真是一位从容镇定的将军。俄罗斯一位名人就曾说过:"不会休息就不会工作。"我想将军午睡后体力和精力得以恢复,仗会打得更漂亮。

我不是将军,可我像这位将军一样习惯午睡。

午睡是养生,而养生的内核是养心。我不知道自己是否旷达,只是无论天气怎样炎热,环境怎样喧扰,我头一着枕,转瞬入眠。有道是,心专自然静,心静自然凉。我沉湎于一隅梦乡里,安适而温馨。

17世纪,清人李渔在《闲情偶寄》一书中专篇论睡,文末发出警世恒言:"……尤有吃紧一关未经道破者,则在莫行歹事。'半夜敲门不吃惊',始可于日间睡觉,不则一闻剥啄,即是逻卒到门矣。"想到这点,我于睡梦中露出了平静的微笑。

霜晨不萧瑟

身后訇然的关门声尚在耳际萦绕,我已裹入晨曦的辉光里,行走在上班的路上。

穿越小区九里香丛,跨过样巴街石拱桥,挥挥手与路遇的熟人打声招呼,不觉便踏上天河绿化带的小径。我放缓脚步,边走边哼起小调,一如既往,边走边看起风景来。

太阳温和地照在天河里,河面上笼罩着薄薄的雾霭,在微风吹拂下款款游移着,仿如宫廷里的舞女,长裙曳地,莲步轻移,牵人眼目。岸这边是残留的古城墙遗址,几处坍塌的雉堞依稀可辨,壁缝里野生的枫杨、苦楝、楮树、泡桐长势良好,各以不同的原始姿态顽强地矗立着。河对岸是一溜临水而筑的古朴民居,埠头上有浣衣女在捶衣,捶衣声和着说笑声传送过来,清亮可闻。而眼前的绿化带上,细叶结缕草显然已被园丁修剪过,硬扎扎的,像板寸,上面披覆着一层浓浓淡淡的霜,颜色犹如夏日的银叶菊。紫荆、合欢、花楸、国槐、白榆、乌桕和水杉,早已卸去绿色盛装,空灵的枝枝丫丫很像芜湖的铁画。唯有间或而立的香樟、桂竹、侧柏、雪松、木槿、棕榈、广玉兰、马尾松、夹竹桃们,自信而傲岸地坚守着生命的靓丽,引得你不得不看,每每看上几眼,就会联想起青春的美好来。

迎面走来一对中年夫妻,缓慢地与我擦肩而过,看得明白,那男人显然是中风留下了后遗症,在女人的搀扶下一步一颤地往前挪,想必他是在做康复锻炼。目睹此状,我想到爱情与婚姻的话题,甚至想到自己的来日。有人说,夫是"一撇",妻是"一捺",一撇一捺合起来互相支撑,方才构成一个完整的"人"。是啊,设想眼前的"一捺"抽身离去,那"一撇"岂不轰然倒地?

沉思间,我已步入老浮桥口,只见半面街一间盲人按摩室的门口,蹲着一位青年盲人。他手拿一台收音机,不知是听到广播里什么好消息,还是被河边几位老者的嬉戏逗乐了,脸上一直挂着微微的笑,就像天上挂着的太阳,不管你留意不留意,它就是那样一刻不停地含着笑意,把和暖与亲切洒入无限的空间,注满每一条视线。

就在按摩室门左三五米处,有位老汉随手在地下抓了几小块碎砖,笑骂着往河里砸水花,想要弄湿河下两位环卫工老友,而那两位老环卫工站在小舟上笑骂着回应,左躲右闪,情急下伸手掬水试图反击,却不知鞭长莫及,差点踩翻了舟,引得岸上正在砸白铁皮的大婶停住了手中的活,笑得前仰后合。

受其感染,我情不自禁也跟着笑了起来。

清晨的路上行人稀少。孩童全不见了踪影,想是此刻他们正端坐在学堂的位子上,搓着通红的小手,口里琅琅念诵着理想与希望。可怜的孩子,他们远比太阳起得早,沉重的书包里背负的不只是未来的辉煌,还有岁月的艰辛。

前面就是天河商城了,傍临大街的商铺卷闸门哗啦哗啦陆续开启着,而后街一家家美容厅、洗脚房的门扉却依旧紧闭,暧昧的猩红灯光已经熄灭,一派荒原般寂静。每个人有每个人的梦。

我想我还是顺着天河边上走。

走到一棵硕大的枫杨树下,一位穿戴华贵的漂亮少妇正在草坪间遛狗,狗是白色的,像一团雪,一团移动的雪。我对饲养宠物向来不置可否,却对俗话"男不养猫,女不养狗"这个说法印象颇深。"两不"到底为什么,我也没弄清,只是观念上不自觉地受到了影响。

不想再看那团雪,却自我叛变似的忍不住又侧过眼去。我所感兴趣的是,狗的穿戴打扮,像它的女主人一样华贵,背上紧裹着一件彩色毛线编织的马甲,脖颈挂着项圈,项圈两侧各坠一个铃铛,像女主人的珍珠耳坠,只是一个叮叮当当作响,一个晃晃荡荡无声。狗仗人势,目空一切,看都不看路人一眼,当然也没看我一眼。忽见不远处,一只脏兮兮的流浪小狗发现了这只傲慢的同类,却又不敢靠近,只远远地愣在那里傻看,许是自忖活得不如人家,羡慕而又自卑。许久,流浪狗终于不屑地把头一扭,转身颠颠地跑开了。刹那间,我对流浪狗油然生起敬意,好小子,贫而无谄,贱而不失节,有骨气。

流浪狗走了,走出了我的视线。

转身,我跨过两道红绿灯路口,闪身进了洗耳池公园,公园里满是熟悉的风景。今早的公园似乎像往常一样,老年人居多,一拨人练习吹小号,一拨人练习花鼓舞,还有一拨人正无声无息地练太极,场面宛如一幅具有动感的画儿。花鼓、小号唤起我的激情与昂奋,而太极却又给我以从容与镇定。

我的心情好极了,脚步欢快而流畅。穿过公园,办公大楼已在眼前。那里于我,是终点,也是起点。

窗外的小精灵

办公楼临着团结路,路边的香樟树高过四楼,枝叶繁茂,几抵窗口。每天下午埋头办公,不觉间,窗外传来麻雀的唧唧声,一声,一声,渐渐由远而近,由疏而密,闹哄哄地漫延过来,于是我就知道,黄昏降临,下班时间快到了。

这样的重复多了,慢慢就成了习惯,以致后来我不再偷瞄墙壁上的石英钟,只觉有闹哄哄的麻雀声,就开始做下班的准备了。

非但傍晚如此,即便冬季的早晨,我也似乎对麻雀有了绵绵的依赖。我在家里独居朝北的书房,每于清晨,窗外雨篷下藏暖的麻雀最早醒来,先是做清嗓子状唧几声,旋即就跳到窗台上喊床似的欢唱着。唱着唱着,睡梦中的我就被一种亲切声唤醒,或是一骨碌,或是懒洋洋地坐起,揉揉眼,搓搓脸,再转目看几眼窗口的小精灵,感觉脸上有微笑漾开来。

不禁想起一个人,一个叫叔本华的德国人。这位孤独的人生哲学家,每天下午五点准时从沉思中醒来,迈出门,拄一柄手杖,沿小街开始他的四十分钟的散步。如此日复一日,乐得小镇上的主妇们一见这位怪异的老头出门了,就知道五点自己该干什么了。我想麻雀之于我,即如叔本华之于小镇的主妇们,已然成了一阕时光的奏鸣。只是,麻雀们讨厌悲观的唯意志论,它们信奉伊壁鸠鲁的快乐主义。

受其感染,快乐的感染,我的情绪总是被阳光点燃,并和阳光、和风,当然还有它们——那些可爱的小精灵,一起亮开翅膀,一起飞翔、飘逸、遨游。

我好像有点离不开麻雀了,每于傍晚时分,似乎暗定了一个神秘的约会。下班的路,在三条归途的选择中,恍惚有神灵的指使,我常是跨过团结路,沿巢湖路、东风路或天河绿化带往家去。这一路行道树皆是高大翁郁的香樟,是麻雀们钟爱的栖息之所,数以万计的小精灵,把它们的爱与梦寄存在浓密的枝叶间。走在树下,那一片啾啾唧唧的喧闹声,让人感觉仿佛是在森林间漫步,走着走着,心情就渐渐变得清爽柔和起来。

自然里,人则女美于男,禽则雄华于雌,而麻雀——准确地说是吾乡特有的树麻雀,却似乎是个另类。麻雀的王国里，必定有它们的生存法则、生活方式。看它们的装束，似乎也有一种宗教色彩，不分雄雌，清一色的褐色，只是型号不同而已。想是保留着最原始的平等图腾，也好，联合国的人权公约，可以以此异族作为强有力的佐证。

何止平等，麻雀还冰雪聪明，十分精明。酷热的夏季，它们从城里的香樟树上消失了，踪影全无。我至今不明白，它们究竟上哪里去了，说是异地避暑肯定是笑话，也许是到遥远的山林和田野捕食丰美的毛毛虫，顺带恋爱和生儿育女去了吧。去向不明，归来应有期。于是我留了个心。终于等到今年立秋后的第四天，它们开始陆陆续续返城了，像归宁，神态满是欢喜与幸福。

这些"本与鹩鹨群，不随凤凰族"的精灵鬼，也实在鬼得很。卧牛山公园、洗耳池公园，有成片的参天大树，它们不去，偏偏要往热闹里去，往马路边的树上去，不怕霓虹灯闪烁晃蒙了眼，也不怕车鸣尖锐扎闭了耳。或许，它们破译了人类的密码，也懂得了越不安全的地方越安全吧。

麻雀貌似胆大，实则胆儿很小，人是很难跟它亲近的。当你看到它在地上跳着啄食，或者落在树上休憩，非但容不得人去靠近，即便盯着它看几眼也不行，它的目光一触到你的目光，立刻就像触电，惊恐地飞开了，你只能尴尬地被晾在一边，哑然失笑。

失笑之余，思量它的身世，它的生存，禁不住就让人涌起一种悲悯情怀。有那么一段岁月,它们被迫与苍蝇之类为伍,也与牛鬼蛇神一样,横遭暴雨冲击,就差没进牛棚罢了。好在阳光终究是暖的,它们挺过来了,而且家族兴旺,益发昌盛。

早些年,和州的油炸麻雀远近闻名。源源不断的麻雀,来自猎手的捕获。和州南临长江,每年冬雪天,猎手们就在江岸高高地张起大网,可怜的麻雀为生存觅食,成群地从江两岸往返地飞,茫茫雪色里不辨陷阱,于是纷纷落入敌手,成了饕餮者口中的赞叹。老实说,我是不沾口的,这么多年了,从不。令人欣喜的是,和州那个所谓的"名吃",今儿已消失了,长江的上空回响着麻雀们的自由歌唱。

说到雪天,蓦然记起2008年的情景。那年年初的冰雪灾害罕见,从西南到中南到江淮,几乎殃及半个中国。吾乡是1月11日开始下雪的,忽大忽小,时停时下,持续二十多天,大地厚厚的一片惨白。人的生活尚可以对付,凄惨的是麻雀,它们没了食物可寻,饿得四处乱飞乱叫。我趴在阳台偶然看见,楼下扫雪露出的枯草,几只麻雀正在啄食,可以肯定,它们是饿极了,枯草真的成了应急的救命"稻草"。

天可怜见,我便和内人找出簸箕,铺上报纸,舀了两茶杯米倒上,端到窗外平台上放着,想给麻雀们救济充饥,恐麻雀怕人影，便拉起了窗帘遮挡着。次日起床一看，嘿，光光的，米全吃了，一粒不剩。这以后，米一吃光，就续上，有时还添上米饭，给它们改善生活。我偷窥过，麻雀们够意思，吃饱了，就柔声地欢叫，或静静地梳理羽毛，有时还好奇地把头侧着贴在窗玻璃上朝里瞅，一副怡然而又调皮的样子，着实惹人喜爱。

可是没想到，这种方式的供养，使它们养成了依赖。雪化了，春来了，油菜花落，麦儿黄了，它们依旧恋恋不舍不肯离去，一不见米了，就在窗台上不停地鸣叫，好像吵着"我要吃米，我要吃米"。我想着北欧高福利养懒汉的事儿，心里说，没米了，没米了，就让内人将簸箕抽了回来。望着无奈飞去了的麻雀，我俩相视，会心地笑了。

夜宿大山村

江南的仙寓山名气不小,而坐落其间的大山村,更以"中国富硒第一村"的声誉闻名遐迩。

今年谷雨甫过,我第二次踏上仙寓山。四年前,也是这个时节,那是初识,除了惊叹原始神韵的自然风貌,印象最深的是盛产硒茶的大山村。那天游览,午间在村里一户"农家乐"就餐,品尝了当地产的笋干、葛粉、蕨菜、河鱼,地道的野生风味,至今不忘。餐后闲逛,顺道在一户王姓家庭作坊购了二斤富硒野茶。没承想回来后,这富硒茶喝着喝着,居然上瘾了。我仔细瞅过,咂摸过,发现这种硒茶有着独特之处。独特之处就在于,外形紧实,质感强,置入水中自动下沉,无须先放叶后冲水,而且出奇地耐泡,一天泡一杯就可以了,一杯可泡六七开,其汤色黄绿明亮,滋味清香绵醇,仿佛有幽幽的野花香。非但我喜欢,小有讲究的儿子也甚爱。后几年,池州好友俊文兄每年寄来两盒,我数米而炊一般,细细享用,然而终究量限不足解瘾。人啊,有时候有点儿怪,一旦陷入某种物事,心底就会蹿出欲望的苗,心心念念惦着它。这次出行,明着是邀请河南战友过来游江南,潜在目的则是买茶。游历、买茶,两相兼得,算是经济之举。

抵达王村,已是午时。王村是大山行政村所辖九个自然村之一,也是其中最大的村落,居民占行政村人口的一半。相传王村是王莽后裔当年逃劫定居的所在,户户皆姓王。许是村落较大,又位于仙寓山核心风景区,人们习惯称它为大山村,渐渐地,王村就成了事实上的大山村的代称。

我们将车子停在半坡下的简易车场,沐浴着四月的山野春光,背上行李,晃晃悠悠,向村里迈去。

我边走边搜索着脑子里的"内存",依稀记得,王老板的家庭作坊是所旧房子,砖墙瓦顶,位于村东头。他曾给过我名片,可惜丢了,只知其姓而忘其名,以致在仙寓镇进山门时遭遇一场尴尬。穿制服的保安拦下我们的车,我按下车窗,探问何故。答说,进山要买票,每人六十元。我解释说,是到大山村王老板家买茶叶的。保安问叫什么名字,他来打电话核对,确认就可免票。我发蒙,一时竟记不起名字,只知姓王。保安笑了,幽默地说,大山村王姓太多,一打一打的,讲不出名字,对不起,那您老人家只好买票啦。我怕耽搁时间,又无耐心,就说,好吧好吧,买票。保安伸出大拇指,夸我爽快、义气,顺口还批评有的人为几个小钱吵死人。获知我们年逾花甲,凭身份证,最后收了半价,微笑着放行。

  王村房舍建筑格局是自由散漫式的,像孩子创作的蜡笔画,虽无规则,却也有趣。循着淡漠的印象,穿街过巷,也没问人,不大工夫,忽见迎面墙壁上写着朱色的"大山熙硒茶厂",惊喜,果然是王家。可是走近一瞧,大门锁闭,悄无人影,唯门前摆放着两围桌凳,桌上数个塑料杯里泡着样茶,茶色或浅或深,了无热气。显然,主人离去许久。我们坐下休息,喝着自带的茶水,抽烟,聊天,盼着王老板的出现。老实说,如果仅仅是买茶,刚才进村一路所见,家家都卖茶,也都是富硒茶,随家可买。可我有个怪癖,一旦认可了谁,就信赖他,好像朋友一场,不可辜负。平日在家,上菜市买菜,面对一溜溜的摊贩,我通常目不旁视,径直走到我喜欢的卖主摊前,买他(她)的菜。这当中,出于何故,我也说不明白。如果非要给个说法不可,恐怕就是我对直率、爽快、大方、不斤斤计较非常推崇,不只是欣慰自己这样,也希望他人如此。王老板就是我喜欢的这样的人。那回在他家看茶,还了价,老王响亮一声"行",末了,还把余下的一大包茶叶碎末送我,说留着煮茶叶蛋用。干脆，痛快，够爽的。

王老板的身影依然未出现，眼看日色偏西，兼之旅途劳顿，我便和战友商定住下来。起身寻宿，就近踏入悬挂着"农家乐示范户"匾牌的人家，年轻的主人笑说已经客满。经他指点，拐了两个短巷，在"硒福居家"的人家住了下来。住宿费全村商量好了似的统一，住一晚一人一百，住两晚则减为七十。我和战友都打鼾，但战友鼾声高我八度，通夜雷响，我受不了不眠之苦，于是各要了单间，房费添一百。不过，房东是管简餐的，免费，就是主人家常饭菜，他们吃什么，客人跟着吃什么，如要额外点菜，收费。晚餐上桌的，有笋干烧肉、炒苋菜、炒蒜薹，一份西红柿蛋汤。主人拿出最好的茶叶，一边给我们冲泡，一边解释说，日常客人多，自产的菜不够用，所以大部分菜品是从市场买来的，将就将就。我们说，很好很好。内心也确实体谅，而且凭他这份热情，也是满意的。

天黑前，王老板果然回来了。他说是上县城走亲戚去了。听我说起四年前买茶叶的事，以及今天路上的经历，他抱歉而又亲切地朝我点头微笑，马上递来他的名片。一看，原来他叫王熙灼，名字不俗，透着文化内蕴。他的茶厂依旧是家庭作坊，小型机械制作，茶分品级，价格当然差距不小。我选购了10斤中档茶。王老板细心，也很热心，或许是商人技巧也未可知，说，给你例外，多给些袋子，按半斤分装，便于保存。包装完毕，置入大塑料袋，口一拧，背着送到我车上。路上，我们边走边聊。他很自信，也很乐观，告诉我他是退伍军人，在基建工程兵待了七年，今年七十岁，身体很好，赶上新时代，现在发展环境很好，还想多干几年。又说，这老房子做茶厂，他家在东头路边盖了一栋新楼，挺大的，农家乐，啥都有。末了，他招呼我，下次来住吧。我自然脆口答应，满心欢喜。

　　大山村的夜，到底是怎样的静谧，或是虫鸣声声，或者犬吠鸡唱，我，还有战友，全然不知。原因是心情愉快，晚餐时，我们从村里便利店买来酒和卤菜，饕餮一番，又置身于天然氧吧，竟不觉一觉到天亮，通透、安然、舒适。

　　清早，大山村尚在梦中，静悄悄的。我们也悄悄地起床，顺着村后的小径，往村东旷野溜达。远山如黛，近岭苍翠，路边的野花随风悠悠地曼舞着，而被我们吸入肺腔的空气，何止是新鲜，分明有一股沁人心脾的草木香。我们漫步到一处高坡，视线所及的山坳里，弥漫着浓浓淡淡的岚气，透过岚气隐约可见白墙灰瓦的村舍，间有炊烟穿过岚气袅袅飘上空中。这时候，我们不知是在欣赏一幅山水画，还是自己已然成为画中人。

　　我们走了两里的样子，回头忽见一位妇人，不紧不慢地跟随着。当我们停步回看她时，她微笑着紧步赶上来，说，大清早的，自己一人散步有点怕，见到你们才敢走远。

于是,我们边走边聊。她说,她是从合肥来的,退休了,和姐姐一道,姐姐因事提前回合肥了。她们每年来大山村两次,每次住上个把月。看她年纪和我们相仿,我一听立马明白了。

记得20世纪90年代,《新安晚报》曾用一个版的篇幅,报道一位癌症患者,独自一人来到大山村,在山里搭盖茅棚,渴饮山溪水,饥食山野果,经年后癌症不治而愈,一时引起轰动。至于真切与否,或者是否有夸张成分,我是抱着疑问的。我问她,有没有看过这个报道,她笑着点头。

从媒体宣传获知,大山村不仅有原始的自然环境,更有上天恩赐的珍稀的硒。硒,确是人体必需的微量元素,可以预防和治疗多种疾病。全国现有三大富硒村——陕西紫阳、湖北恩施、安徽石台,其中石台的大山村,据说土壤含硒量比另两个地区高出五倍以上,实属罕见。大山村人自豪,说他们这里没有胖子,人多长寿,自新中国成立以来,没有发现一例癌症患者。如果这个说法确实的话,那真是天大的奇迹。而这一点,正是越来越多的注重养生的人所向往和追求的。只听她又补充说,不只是她们姐妹,还有很多合肥来的人,都是退休的,觉得这里是人间桃花源,都想没事时来此休养休养。正说着,一拨人陆续向我们这边散步过来,有个先生跟她打招呼,显然,他们是这儿的常客了。

我和战友转身回走,沿着挂梯一般的麻石磴阶,登上王村背后的山峰"古树林"。这是一处著名景点,估量三四十亩,树木密集,原始风貌,古老的桤木、紫楠、紫薇、珊瑚朴树、甜槠、枫杨、香樟、银杏、鹅掌楸、麻栗等等,树木不下百余种,故又称"百树林"。树龄少则百年岁月,多则千载春秋,人在其间,就像一枚书签,夹在历史的册页里,恍然有遁世之感。峰顶一溜狭长平地,小道旁设立着供游人休憩的靠椅,早有两位妇人在此晨练,或闻一妇人喊嗓子,高亢嘹亮,声波锥耳。我尚在惊诧中,只听战友也跟着亮开嗓子,雄狮一样大吼起来,但是他的吼声因处于山巅,并没有引发那种奇妙的山谷回音。不过,还是觉得挺好玩的。

大山村醒了,炊烟四起,人影晃动。新的一天开始了。

俯瞰村里一幢幢漂亮的徽派建筑——那在城里人眼里别墅一般的民居,心底禁不住感慨起来。这个九山半水半分田的山区,如今摇起休闲生态旅游的旗帜,早已褪去樵装短褐,展现出全然的新姿。天无私覆,地无私载,上苍从来奉守公平,无论子民落生何处,她都不会让你失望。你居平原,沃野千里,五谷盈囤;你居海岛,云水歌谣,渔产满舱;你居沙漠,地下矿藏,黑金滚滚。而你栖居群山峡谷,则送你草木,送你山珍,送你可以衍生衣食的诗情画意。或许,我们曾对自己脚下的土地抱怨过,自卑过,恓惶过,而当蒙昧与曲解被惊喜所揭破,我们又会情不自禁地匍匐心灵,凝视着、深爱着这脚下的土地。

　　大山村,你是古老的,又是新生的。

参谒海子故居

他是"扑向太阳的豹",是放射灵性之光的"诗歌英雄",是举世皆知的"面朝大海,春暖花开"的原作者。他叫海子,本名查海生。

四月的一天,我慕名前往怀宁县海子的故居拜谒。

20世纪80年代初期,文学启蒙,迎来诗意的春天。民谣说:"天上掉下一根杆子,砸到的全是诗人。"我也步其尘,入其列,并有诗作见诸报刊。彼时海子才露尖尖角,我却不知其名,随后一二十年,海子的名声与日俱增,犹如雷鸣,心下禁不住景仰,外加一点儿好奇。这次偕战友瞻仰安庆独秀园,便决定北上海子故居看看。

海子的老家郭河镇查湾村,坐落在新县城的西郊。顺着路边"海子文化园"的标识指引,出城沿X021道西行两公里多右拐,只见一块巨石立在路边,上面写着"美丽查湾,海子故里"八个朱漆大字。显然,这就是查湾村了。

前面不远处是一座广场,停下车,怀着一种庄重与肃穆,下来漫步探寻。原来这是海子文化广场,坐北朝南,纵向长方,估摸占地四五亩的样子。海子的半身雕像矗立在广场前端,基座周围盛放着艳丽的杜鹃花,环绕着这位微笑直视远方的麦地诗人。

广场分三个区段,阶梯状,雕像在前区,中区筑有四堵诗墙,弧形,分别题着"爱情篇""麦地篇""家园篇""经典篇",共节选了海子18首诗作,想是代表着海子笔触所及的主题,或者经典之作吧。后区则是一座两层建筑的房子,名为海子纪念馆,门锁闭着,我们朝里瞅了瞅,空无一物,看样子方才竣工,尚未布置展物。据了解,海子故居已被列为县级重点文物保护单位,围绕故居,县里正在全力建设海子文化纪念园。整个规划包括海子纪念馆、海子文化广场、海子乡村大舞台、荷塘雅聚、诗人林舍、挚友诗墙、创作浮雕墙、海子太阳墓等17个项目,过不了多久,这里将成为怀宁县独放异彩的人文胜景。

我们到来的这天是周三,游客较少,在逗留的个把小时中,只见到四辆自驾游的车来此。村里人想是都在劳作,村道上几乎见不着人影,四周一片寂静。览遍广场,我们晃到一所旧房子前,无意间看到门楣上题着"海子故居",心底掠过一阵惊喜。海子故居位于广场西侧,坐西朝东,老式的三开间瓦房。大门关着,我们不想莽撞打扰,只透过窗户朝里瞅了一眼,转身向隔壁人家楼前晃去。恰逢一位老太太出门,上前询问,我们聊了起来。提起海子,老太太肃然起敬,连声赞叹说,这孩子天才,天才,从小就是天才。她告诉我们,他(海子)家里有人,老父亲正病着,在屋里。

  我们转身回到海子故居门前。果然,一会儿大门开了,出来一位四十多岁的男子。我们迎上去探问。他说他是海子的二弟,说我们可以到家里看看。遂引入堂厅,所见皆是乡下老式家具摆设,唯三方墙壁上悬挂或张贴着与海子有关的字画和照片,右侧为其父居室,左侧则是"海子书屋"。

  海子书屋应属卧室兼书房,杂物塞得满满当当。里面一张木床,挂着的蚊帐两边收拢,被子覆着,仿佛主人通宵写作后正在睡梦中。四只书橱依壁而立,透过玻璃门可见满满的书籍,还有旧时的书桌、椅子、凳子,随意地摆放着。临窗和床脚头,立着三组制式的透明展柜,里面存放的皆是海子的遗物,包括影集、各类证书、证件和作品集等等。四壁墙上,挂满书画条幅及地图,还有蚊帐后面墙上裱装的《面朝大海,春暖花开》词谱。

  离开书屋前,我见台面上的游客签名簿打开着,拿起笔来就签名。忽然发现最后签名的游客竟是著名歌唱家斯兰,从日期上看出她是昨天来的,心里就想,哪一天斯兰也来歌唱海子和海子的诗吧,那必定是最动人的歌。而我,同时也涌起一种表达的欲望,想了想,看到"出售"字样的海子作品,便从海子二弟手里购得一本厚如枕的《海子诗全集》,权当是一种心灵的祭奠。

在故居门口,我们停下来,和海子二弟交谈许久。他告诉我们,老房子原不在这儿,这地基是买的,三间房子是按照原来样子新建的,用的全是海子的稿费,但院子的整修美化、前面修过的广场和纪念馆,都是县里出资的。他说,他们兄弟四人,海子是老大。我推想三个弟弟也是读书人,便问他在哪儿工作。他面无表情,淡淡地说,家里穷嘛,三兄弟只读了初中,都在外面打工。我哑然。其实,没继续读高中考大学的真正原因,并非穷困,而另有隐情。

海子的墓址距离故居不远,就在对面的岗地上,放眼可见。我们缓步绕墓一周,默默用目光送达着哀情与敬意,而心里,却不住地唏嘘叹惋。这位5岁参加"红宝书"语录背诵比赛、15岁考入北大的天才,何以一夕间,从热颂的"活在这珍贵的人间,太阳强烈,水波温柔"的明境,跌入"远方除了遥远一无所有/更远的地方,更加孤独/远方的幸福,是多少痛苦"的暗渊,竟至把一腔热血连同非凡的灵魂付与冰凉的铁轨,个中就里,谁也无法厘清。终究,一如西川所言,这"将成为我们这个时代的神话之一"。他二十五个春秋的生命,流星一般划过,闪烁,爆炸,浓烟密雾处,化作一颗恒星腾入高空,灿然,瑰丽,放射着不熄的光。

一个诗歌时代的象征。一位具有世界眼光的诗人。

想起高晓松的诗句:这个世界不只有眼前的苟且,还有诗与远方。

海子永恒。

姑苏访友

网络真奇妙，异乡缔新交；荧屏面对面，神往梦中笑。

苏州就有我的这样一位网友。他叫阿舟，苏北人，现卜居姑苏城。我们年龄相仿，爱好相似，性情相近，几年间通过博客交流，越谈越投机，彼此都想着早一天能会会面，叙一叙，玩一玩。

记不清阿舟邀请过多少回了，我颇为感动。夏初，我决意应约前往拜会，并邀了一位战友同行。

路上，我饶有兴味地告诉战友，阿舟是个有故事的人。他曾在苏北老家供销社机关从事宣传工作，文章频频刊发于中央级大报，三次获得《人民日报》征文竞赛大奖，光环如虹，名气远扬。他担任企业工会主席期间，刚正不阿，疾恶不惧，在改制中不惜以牺牲自身前程为代价，为维护职工权益与资方老板对簿公堂，成为轰动一时的全省首例工会主席维权公案,《工人日报》曾做了整版报道。再后来,他退出"江湖",漂泊异乡,但手中的笔始终没有丢。他用惯有的敏锐目光关注民生和社会,撰写了大量文笔犀利、思想深刻的时评和纪实作品,尤其是时评,几乎篇篇都被新浪加荐推至博客首页。当地人曾撰文称他人品"中通外直,不蔓不枝,香远益清",赞他文字"是惊雷,是厉电,是飓风,是掠行千里的羽翅"。如此行方智圆的君子风范,叫我如何不从心底对他肃然起敬?

谈笑间,不觉车已抵达苏州城预订的酒店。四百公里的路程,用时三个半小时,恍若咫尺之距。现代交通的效率与文明已将世界变得越来越小了。

这是我第二次来苏州。上次是2010年初秋,我去沪上参加婚礼回程路过苏州,匆匆半个上午,游览了虎丘和沧浪亭,回来写了篇《沧浪亭情思》,当时意兴未尽,就想着以后一定还要来姑苏多看看。

阿舟十分热情,提前在香雪海酒店预订了晚宴。在我们来的路上,他不停地打来电话,问到了哪里,那激动的心情和我是一样的。

晚上六点多,我和战友驱车来到酒店,阿舟早已在酒店门口迎候。相见的欢喜难以描述,一番握手言谈后,我和阿舟携手登上电梯。进了一间豪华包厢,在座的客人全都站起来微笑迎接,一声声"欢迎"、一声声"请坐",热烈的气氛令我倍感温暖亲切。席间,举杯畅饮,推腹畅谈,那场景如过节般的热闹。

次日,我们先游览了拙政园、留园和狮子林,然后直奔四十公里外的东山岛风景区看太湖。

太湖是我国五大淡水湖之一,水面2338平方公里。狭义上所称的江南,应是太湖流域。自古迄今,江南代表着美丽富饶的水乡景象,文化发达,经济繁荣,且以盛出才子佳人著称。这一切,想必都是得益于太湖的滋润。

车子进入东山岛,沿着环湖观景道缓行,打开车窗边走边看。远视,烟波浩渺,水墨天成,恍似太虚幻境一般;近观,环湖沿岸别具匠心地栽植的月季,正盛开着艳丽的花朵,浓浓密密,飞红流翠。想象从空中俯瞰,太湖戴着大大的花环,真是奇丽无比,美不胜收。联想到我的家乡巢湖,也是五大淡水湖之一,也修建了环湖观光大道,可是有相当长的路段两旁都栽植了浓密的行道树,遮挡了行车观湖的视线。这一细节的不同,也显示出两地人文观念的差异。

东山岛景色迷人,看点很多,限于时间,我们只重点游览了著名的雕花楼。这是一座多边形的四合院结构建筑,原为东山富商金锡之私宅,建于民国十一年,三年而成,耗资17万银圆。全楼以金、石、砖、木、雕刻为主。雕刻精致,精美绝伦,且"无处不雕,无处不刻",文化底蕴相当丰厚,享有"江南第一楼"之誉。在我看来,到了苏州如不来雕花楼看看,不说白来姑苏城,至少是一大缺憾。

晚上,阿舟引我们进了一家湖边酒店,临窗赏着湖景,吃着湖鲜,别有一番意味。从交谈中得知,阿舟如今在朋友公司担任顾问兼办公室主任,尽管事务繁多,依然笔耕不辍,已经出版了三部作品。这让我对他越加钦佩。

为不影响阿舟工作,我和战友决定第三天告别。

临别一大早,阿舟冒着蒙蒙细雨从家里赶来我们下榻的酒店,共进早餐后,我们一起去逛平江路古街。

这是苏州最完好的一条历史老街,一条沿河的小街道,保留着河路并行的格局、肌理和长度。我漫步在古街上,向两边小巷张望,蓦然想到戴望舒的《雨巷》,视线里就盼着能逢着丁香一样的姑娘撑着油纸伞朝我们款款走来,走出她的哀怨与彷徨,走来丁香一样的芬芳。

沧浪亭情思

知道苏州有个沧浪亭,是四年前从《浮生六记》中看到的。读这部凄艳秀灵、怡神荡魄的作品,深为作者沈复与陈芸的经典爱情所震撼,心里禁不住也如沧浪之水涌起波澜,从此那座亭子便带着吴侬软语烙在梦想深处,成了我遥遥以期的一种向往。

今夏沪上行,回程途中终于在苏州盘桓一天,了却了我心中多年的渴想。

沧浪亭,多么浪漫的名字,想象必定是充满诗情画意的所在。不然,沈复何以豪称,"余……居苏州沧浪亭畔,天之厚我,可谓至矣"。

带着如许的遐思迩想,我在晌午时分抵达沧浪亭街口。下了车,敞开视线,先做远距离概略式扫描,第一感觉像是到了野外,河流、台榭、山丘、树林,并无特异之处。许是天气酷热的缘故,游人稀少,周遭一片宁静,唯见十余老叟张伞临水垂钓,平添了水墨中的些许动感。

进得园内,一路所见,与两百年前书中记载的"过石桥,进门折东,曲径而入。叠石成山,林木葱翠,亭在土山之巅",样子似乎没变。园内现有17处景点,想必大多是后来命名的。

我在一个叫"面水轩"的地方停顿下来,朝着河对岸久久凝望,试图从河对岸下的倒影中发现什么。沈复说,他家就住在沧浪亭近旁。乾隆四十五年(1780)六月,因为室内炎热如蒸,沈复禀告母亲,获准携妻搬到沧浪亭爱莲居一间临水的屋子避暑。这间屋子门前有一株老树,浓荫蔽日覆窗,映得人面发绿,坐在门口可望隔岸游人络绎不绝。其实沈复是很有才学的,并非自言"所愧少年失学,稍识之无",那是他的谦逊。他将这间居室取名"我取",其意就源自"清斯濯缨,浊斯濯足"之句。在"我取"轩里,芸儿因天热,花儿也罢绣了,终日陪伴夫君读书论古,品月评花。最是七夕之夜,设瓜果香烛,同拜织女星,各执"愿生生世世为夫妇"图章一方,然后并坐水窗,仰观飞云过天,说着只有他俩自己听得见的悄悄话。平素自是耳鬓相磨,亲同形影,时不时还游戏酗饮,调侃逗乐。一天读书,二人谈到李白与白居易,沈复忽地笑起来,冲芸儿说:"这就奇了!李太白是你知己,白乐天是你的启蒙老师,而你老公我正好叫沈三白,你和'白'字这么有缘啊?"芸儿也笑了,说:"那完了,将来要白字连篇了(吴音呼别字为白字)。"于是两口子相视大笑。我想他们的笑声是舒心惬意的,是入流天籁的,至今,我仿佛还可隐约听见不曾散去的袅袅余音。

看过沧浪水,我转身拾级登上山巅沧浪亭。一副柱联赫然闯入眼目:"清风明月本无价,近水远山皆有情。"亭子不太大,四围通视,顶盖飞檐翘角,色泽古旧,有岁月感。据载,沧浪亭初建于北宋,最后修缮于康熙年间。照此推定,生于乾隆癸未年的沈复和陈芸,那时会经常出入这座亭子的。

我想我今日来得不是时候,应该八月十五来,在此一直待到月亮升起来。不知这块吴地,如今是否沿袭中秋节晚上"走月亮"。三白那个年代,吴地风俗,中秋晚上妇女们不拘大家小户,也不拘礼节,皆可出门结队游玩,名之曰"走月亮"。当年,新婚半载的三白和芸儿,就是在中秋晚上上沧浪亭的。那时他们的家境殷实而优越,来之前就已闭园清场,所以无纷无扰,一派安宁静谧。随行的用人将携带的毯子置于亭中,夫妇俩遂席地而坐,一边喝着守门人送来的香茗,一边欣赏着爬上树梢的明月。这样的快乐时光想必会留在他们的记忆深处,成为后来落拓时的经久怀想。

我在沧浪亭伫立良久,发现园内三三两两的游客多为中老年人,或许他们也如我一样精神漂泊,想在漂泊的遨游中寻找一种爱的追忆和寄托。少男少女们距沧浪亭很远,远在另一个伊甸园里派对与狂欢。三白与芸儿已淡然成一片碎影,陆续有远道而来的客者,总会在地下寻觅,捡拾,默诵。

怀想"十字街"

每座城镇都有大大小小的十字街。尽管有的不叫十字街,但真真切切有着十字形街衢的存在。

老巢县城也不例外。往昔筑城不仅造有十字街,而且早先命名真的就叫"十字街"。十字街曾是这座城市发育成长的胚胎,也是一方城民寄情闹市的天堂所在。时至今日,举凡年岁稍长的老巢城人,对十字街的亲切称谓,仍旧像风铃一样挂在嘴角,叮叮当当,响个不停。

史料记载,唐宋年间,巢城始由城北五里墩南移,依循地形地貌,濒湖沿河傍山以建,逐渐形成了"一个'十字'带九街,九街串起十八巷"的"四门九街十八巷"格局。

"欲知巢城旧街巷,细读'十字'自端详。"早年的十字街实为"丁"字形,因为南端长度不过二三十米,而西河街和东河街当为一横的主街,用今日话叫黄金地段,街两旁净是挨挤着的丝绸布店、京广杂货店、五金百货店、中药店、诊所、茶庄、酒铺、银匠铺、木匠铺、铁匠铺、篾器店、米行、盐铺、药铺、书店、照相馆、镶牙店、香烛店、酱坊、糕饼作坊、酒楼、客栈、澡堂、开水炉、理发店等等,一派繁荣景象。

我对巢城十字街的记忆,始于20世纪60年代。斯时巢县城狭小、低矮、灰旧,为数很少的楼房高不过三层,仅有的一条沥青马路——东风路,算是现代标志的唯一亮点。全城青石板铺就的九街十八巷,依然闪烁着传统的魅力光华。其中的十字街,便是人气聚敛的繁华中心。沿街多为两层木楼的徽派建筑,楼上住着人家,楼下则开着各色商铺,平日里街上幽幽静静,但逢佳节盛会,整个街儿便涨满人潮,一浪推赶一浪,喧闹如沸。特别是老云路街拓宽改建的东风路穿越十字街后,旁边陆续矗立起来的东风商场、五交化商场、巢湖酒家和钟楼饭店,更给老街增添了炽热气氛。早些年前的情景我不清楚,但在当时,十字街仿佛就是本土的王府井和南京路,给人自豪,引人眷恋。

少年时代,十字街在我心目中是一座放逐童真和野性的乐园,那里叠印着我快乐的履痕和多彩的梦幻。记得我和要好的伙伴金柱子常在街上一起拍纸牌、滚铁环、看连环画、蹦青石板比谁远,热天还跳入街后的天河扎猛子,比赛潜水时间。有时闹翻了,我们就约定到浮桥口澡堂的炭灰场上摔跤,输赢结果并不多去计较,往往憋不过三天,两人没心没肺地又和好如初。一般清早我们是不大出来玩的,因为一大早,人力卫生车一路吆喝,就见街边门户吱啦吱啦先后开启,一个个或提着马桶或,端着痰盂出来,看了令人蹙眉掩鼻。我们喜欢晚饭后上街溜达,漫无目的地各处闲逛。

最有趣的是夏天,每当黄昏时分,沿街居民都习惯把凉床、竹椅之类的搬出来横在路边,再泼上几盆水降温纳凉。往街两头看去,满满当当的,一街半裸的人体身子。有的人家还将酒菜摆在凉床上,一边摇着芭蕉扇,一边喝酒闲侃,酒喝到兴头上,时不时还会讲些荤荤素素的趣话,引来周围一片哈哈大笑。栓子哥就喜欢这种生活方式。栓子哥那时单身,长我们十几岁,有次酒后躺在凉床上呼呼睡着了,我和金柱子便悄悄从地上寻根草棒挠他的胸毛。他大概以为是蚊子叮咬,眼睛闭着扬起一只手,啪的一声拍在胸口,很响。我们蹲伏下来,见他慢慢安静不动了,便又挠起他的鼻孔来。终于,一个响亮的喷嚏后他惊醒了,逮我们个正着。我们嬉皮笑脸地一个劲儿求饶,最后被呵斥一声释放了。

十字街又是个美食街。各色小吃应有尽有,上档次的茶馆酒楼当以西河街的富春楼最为有名,晨供茶点,午供酒菜,红白案在巢城更居一流,入楼雅座,临窗观河,别有一番意趣。在我记事的时候,这座楼好像不在了,但它的名声常为人们所提起。我亲历牢记的,是紧邻十字街后建的巢湖酒家和钟楼饭店。时值"文化大革命"时期,县电影院长年放映的影片大都是"三战八戏",我们若无所乐地反复观看。晚上散场后,我几乎都要去一趟钟楼饭店,花1毛5分钱来碗馄饨。那馄饨个大肉多皮薄,数量好像是15个,满满一大碗,浅褐色的汤汁上浮着青翠的葱花和闪亮的油珠,袅袅的热气散发出一股醉人的香气,一碗喝下去,细汗微沁,满口鲜美,通体受用无比。而巢湖酒家则又别具风味了。巢湖酒家是当时全城最大的饭店,说它大,其实也不过10张台子左右,但它的名气远播四方,谁能进去坐一回,可是一种体面和光彩。1974年的秋天,我终于豪迈地跨进去了一次。我倾尽兜里仅有的3块2毛钱,请我的两个同学吃饭。4个菜,外加1瓶粮食大曲酒,我们三个小青年美美饕餮了一顿。细节已经淡忘了,唯独那个杂味拼盘没齿不忘:8寸见圆的瓷盘里,酱肉、卤口条、熏鱼、油爆大虾、香肠、皮蛋组合堆码成谷垛状,圆圆实实,层次鲜明,很像一件艺术品。让人看上一眼,忍不住就要吸鼻子,抹涎水;几箸下口,回味绵长,美得只怨自己形容词学得太少了。遗憾的是,这两家饭店后来都解体了,所幸这个久负盛名的拼盘厨艺被一个有心人习得,现在成了他所开的酒店招徕食客的一大品牌。

十字街还是一个经典文化的发源地。不说曾经的灯会、说书、艺耍等诸样地方民俗,单就这个街头衍生的一句歇后语,便足以证明小城文化底蕴的不凡。有一天,我像往常一样数落着内子的种种不是,孰料,她叹口气说道:"你们巢县街上有句话:'十字街卖鱼,一条活的搭一条死的。'唉!我就是那条死鱼,没办法哩!"我心里一惊,内子是外乡人,何时知悉此话的?这句话可是当地土生土长的名言,城里乡下无人不晓。遥想当年十字街肯定是卖过鱼的,只是这个故事类歇后语是何时产生和流传开来的,不得而知,也无从考证,但透过这个歇后语,我对先人的超拔智慧和精辟入微,从心底充满着敬意。细细玩味,甚觉此话是非常契合社会学中的互补理论的,而它所蕴含的启示意义同时又发散出哲学的光辉。于是,我从灵魂深处分离出来回望自己,愕然,竟也发现自己诸多潜存已久的"死鱼"鳞片,扭头面对内子仔仔细细搜寻,居然也看见了一簇簇鲜活的美丽。由此,渐渐地,两颗松散的心复拢起来。我想,十字街卖鱼之说真是一种强力胶,古往今来不知弥合了多少几欲罅裂的围城墙垣。仅仅凭着这个歇后语,这句禅意深深的名言,人们就会记住这条街,记住这座城,记住一条哲理的永恒。

——如今,十字街依然静卧在故土间巷,一如晾晒久了的陈年梦想。只是,印痕累累的青石板路面已为混凝土所覆盖，一幢幢钢筋水泥楼厦耸立在老街两边，昔日的面目全非，街巷里充斥着一派时尚流行色彩。尤值一提的是，现在仍有一处老宅木楼遗存，里面住着几户人家，看上去虽然斑驳破旧，却依稀可以想见当年的图景。每每心力劳累之余，或者闲来兴起之时，我便带着几缕幽思情怀，悠然来到十字街上徜徉。我用目光一路阅读，一路抚摸，仿佛优游于一泓静静的港湾，淋淋漓漓沐浴一场，心灵得以超逸。

　　城市正在一天天膨胀，膨胀着的城市俨如一部写不完的大书，而十字街便是掩隐在这部大书里的书签——既是一种历史的收藏，又是翻阅一页一页新篇章的见证。

陋室隐

去过和州(今和县)古城百十趟,或因熟视而无睹,或总是托故下一次,对于闻名遐迩的刘禹锡陋室遗址,我却未曾近前细看过,更未曾去作一回深想,每有异客问询,不免期期艾艾而汗颜。

今得公差之便,专往陋室探访。这回揣了个囫囵心,里里外外,角角落落,着实看了个眼饱。建于唐朝长庆四年(824)的陋室遗迹,果然其陋无比,岁月尘封,风雨剥蚀,陋得凄凉落寞,却也陋得真实。所幸,那石碑上《陋室铭》的文字依然清晰可辨:"山不在高,有仙则名。水不在深,有龙则灵。斯是陋室,惟吾德馨……"短短八十一字,别见洞天。

洞天里的主人是闲适而从容的,我想应该这样。只是,在这种"淡柔情于俗内,负雅志于高云"的表征下,这位屡遭贬谪的刺史,平日里调素琴,阅金经,苔痕数绿,草色抚青,内心真如止水一般平静吗?传说,仅是传说,知州大人容不得他傲岸疾俗,别有用心地令他搬家三次,居所一次比一次小,小到最后只有蕞尔一间,而他却不忿不恼,每回都欣然顺受,安然居之,且还自撰对联以示快乐。末了,知州恨不过,命人送他一块石板,意在羞辱他顽固似石头,硬是不开窍。不想他见石颜开,喜滋滋地延请石匠,将自己撰写的赞美陋室的文章刻勒于石板上,立于屋前。如果这个传说属实,《陋室铭》中话语及其隐逸情趣是否真诚或矫情,就只能存疑了。

　　想起纳兰性德。他曾给好友顾贞观写信吐露心声:"恒抱影于林泉,遂忘情于轩冕,是吾愿也,然而不敢必也。"纳兰性德生性喜近自然,醉心泉石的志趣是发乎内心的,然而这位出身贵胄的词人由不得自己,最终只留给我们一个伤感的背影。古来士子或仕宦如纳兰性德者,不乏其人。而有诗豪之称的刘梦得,就像他的名字,也有所梦,也有所好,只是梦里梦外,难解其中味。

　　说难解,其实只是隔着一纸文字。在石碑的背后,刘梦得并非成日悠游于山水之间,也非全以诗文而自适,在其任内多有懿德事功,至今仍广为流传。譬如,深入村野指导兴修水利,保护和修缮重点名胜古迹,编辑校订《柳河东集》。当然,平素更是不忘操觚吟哦,著名的《金陵五题》就是这期间的代表作。如此看来,刘大人蜷缩在逼仄的陋室里,心儿却飞到了户外,飞向了浩瀚的天空。

  这情形有点类似后世的范希文,同样是革新派,同样遭贬谪,素有"忧乐"情怀的范大人感念皇恩浩荡,"不以物喜,不以己悲,居庙堂之高则忧其民,处江湖之远则忧其君"。其内心的委屈、惦念和期冀,在刘大人的心中又何尝不是如此?陋室只是一处勉为栖身的泉林,而那一方字碑不过是穿在身上的华丽外衣,太阳出来了,在检校礼部尚书的眼里,金光依然如春。或许,蜷缩与伸展,出世与入世,无言也是一种表达。

半枝梅的味道

"桃未芳菲杏未红,冲寒先喜笑东风。"倘若邢岫烟、李纹、薛宝琴走出芦雪庵,娉娉婷婷踏上丰山的土地,吟哦再联即景诗,恐怕得出的不止"咏半枝梅"四个字,断然还有令其叫绝的惊叹来。

丰山,坐落在和州(今和县)境内,那儿有一个叫杜村的村庄,芄芄立着一株千年古梅,雅称"半枝梅"。据测量,梅树的高度有6米,冠幅达8.5米,梅树的整个形状很像《红楼梦》中芦雪庵的那株族类,"其间有小枝分歧,或如蟠螭,或如僵蚓,或孤削如笔,或密聚如林"。不同的是,丰山的这株梅属于稀有的玉蝶梅种,每年腊尽春初开花,花色粉红耀眼,花香浓烈醉人。

最初我颇为纳罕,为何称作"半枝梅"?后经查考,得知源于三种传说。其中一说似乎逼真可信。明末清初画家戴本孝,每年都要到丰山杜村赏梅。有一次他赏梅赏到黄昏,一时兴起,研墨展纸,借着月色临梅作画,刚画成半树,忽然云遮月隐看不清了,只好带着遗憾收拢笔墨归去。不想这半树梅花的画儿,独具风韵,出神入化,备受众人赞赏,一时引起轰动,遐迩闻名。于是"半枝梅"的雅号就渐渐流传开来。

传说是美丽的,然而传说总免不了掺入人文色彩,或许,正是这种后天的附丽,方才使得"半枝梅"散发着迷人的味道。

其实,半枝梅乃北宋名人杜默亲手所植。杜默的老家就在丰山杜村。这位时称"歌豪"的才子曾一度在京城官场厮混,任过不同官职,后托辞卸职归田,顺带几株玉蝶梅种植在老家宅旁。自此他与梅为伴,但逢梅开之时,呼朋唤友,饮酒赋诗,赏梅抒怀,怡然自得。

如果到此为止,大约不会有"半枝梅"后来的神奇效应。应该感谢乾隆时期的大学士朱筠与和州知州刘长城。1773年,他俩观梅后,欣然命人在梅旁修建"梅豪亭",并亲自撰写碑文和楹联。从此,"半枝梅"平添几多文化意蕴,渐渐走进历史的册页里,走进后人的心目中。

闲来读宋人林逋《山园小梅》,满眼疏影横斜,粉蝶欲飞,想象杜默当年面对宅旁的至爱,那种"幸有微吟可相狎,不须檀板共金樽"的共有醉态,是何等惬意舒心!

而我对丰山千年古梅的着迷，全在一个"半"字上。"半"字犹如一枚味醇的橄榄，可供人咀嚼半天，半天后化为牧归的羊，半卧在向阳的墙根下悠然反刍，滋味绵长，低回不舍。

不知道世人为何多以"圆满"为美，其实有时候"残缺"也是一种美，一种更富意蕴的幽微之美，譬如月圆与月亏。当我们轻声唱起《半个月亮爬上来》的时候，心灵深处马上会显现夜幕四合、飞鸟归林、一弯新月舴艋一样荡漾在天空的图景，不由得生出被催眠般的感觉，恍若坠入别一种梦境。

对了，我的这种感慨就源于林语堂的《半字歌》。林先生一生书通二酉，披风沥雨，只"半少却饶滋味，半多反厌纠缠"这两句，就足以破解"半"字个中三昧。移目半枝梅，半枝梅的"半"，犹似一幅画，那一半留白，则如一座跑马场，一任观者自由驰驱，去作无尽遐想。回头静思，假若丰山古梅不曾唤作"半枝梅"，没了那份雅驯，纵使它独有孤存，惊艳盖世，想来也如村姑一般，湮没在庸常的烟火草木间。

哦，"半枝梅"，好一个"半"字，因了你，千年古梅尽得风流，余韵绵绵。

褒禅山寻踪

当我一脚踏上褒禅山,再一脚迈入华阳洞的时候,我便在心里埋怨起自己来。人家王安石,一个江西临川的官员,33岁的年纪,赴任舒州通判的途中,就兴致勃勃地来到褒禅山留下足迹与文字了。而我,本乡的山水,半小时的车程,居然行走了50个春秋方才抵达。这情形与读书有点相似,借阅人家的书废寝忘食赶时间,而属于自己的书籍却好像要留待永远的明天。

是日,骄阳如火,热浪奔涌,连勤于歌唱的知了也仿佛因干渴没了声音。酷热令人讨厌,却也有它的好,游客稀少,静。多少回,我从《游褒禅山记》中走进走出,今下,我就是追逐王半山,奔源地来寻踪的。

举目环顾,周遭连片的山,高高矮矮,肥肥瘦瘦,尽显苍翠蓊郁。听导游说,褒禅山山清水秀,四季如画。春天,百花争艳,蜂飞蝶舞;夏天,枝繁叶茂,鸟语蝉鸣;秋天,霜染丛林,满山红叶;冬天,瑞雪纷飞,怪石林立。心下就奇怪,这么好的景致,半山先生当年为何不多细看,抑或看了却何以不记载？对了,想是无意于山,而念在探洞。他感兴趣的是举火入洞探险,挑战未知。也许,这种探索冒险精神,后来转化成了政治勇气。宋仁宗嘉祐三年(1036),他斗胆给仁宗皇帝上万言书,一时轰动朝野。后又在宰相任上直挂云帆,掀起著名的变法运动,终在史上落下浓墨重彩的一笔,并且影响深远,远播域外,被列宁称为"中国11世纪的改革家"。

步其尘,我们也不细看山了,直奔华阳洞而去。华阳洞有前洞后洞之分,想是前洞自古游人多,王安石一行四人便是打着火把从后洞进去的,那时他的感觉,探入越深,前进越难,看到的景物越奇特。而我们一行十人,则是抄近从前洞探身进洞的。洞口是天然的,不大,像北方的土窑洞门,且不规则,一块刻有"天下第一名洞"的石碑矗立在侧,给人以傲岸与仰视之感。甫一进洞,一股沁人心脾的凉气扑面而来,精神随之一振。洞内湿漉漉的,穹顶有水滴叮咚坠落,汇入沟槽随清泉潺潺流去。借着微弱的灯光,隐约可见千姿百态的钟乳石,开发者给它们冠以诸多美妙的名字,例如"灵霄宫""美人鱼""倒挂灵芝""送子观音""织女晾纱"。从前洞进去不远,一条70米长的河流赫然在前,乘坐木舟悠悠荡荡穿过,来到一个叫作"回步厅"的所在。导游说,当年王安石从后洞进来,游到这里就回返了。可见全长1600米的华阳洞,半山恐怕没游一半呢。倘若半山再世,如今故地重游,面对那些人为的开凿、敷设与添加,以及障眼的五彩斑斓,不知他是喜欢还是厌恶,或者会不会再著一篇文字。

从后洞出来,苦于疲累和溽热,我们无不大汗淋漓,气喘吁吁,于是便又一起回到前洞口树荫处纳凉休息。闲谈中,我们不觉又议起王安石和他的游记来。从文中可以看出,半山的游记名为游记,重点却不记游,而是借此抒发感慨,议论做人做事的道理。就写作而言,兴许就是一种创新吧。有人认为这与他一生的革新精神和治学态度是一致的,窃深以为然。古来文品与人品相得益彰者不乏其人,半山算是卓立其中。

吾乡是荣幸的,荣幸地拥有这么一座名山,这么一个名洞。名山名洞之所以驰名,自是得益于王安石和他的游记。想来,人可以因文传名,地亦可以因人扬名,这或许就是老聃所言的另一种"不亡者寿"吧。

触目亚父山

亚父山是一面旗,形肖而神似。

站在老居巢城——今日巢湖市区高处向东眺望,亚父山的秀美身姿尽现眼前,那山体的轮廓和皱褶犹如战旗招展般充满动感,而山边缥缈的岚气也恍似当年西楚飘游而来的散淡烽烟。渐渐地,我的脑海里浮现出范增和他的传奇故事。

秦朝末年,农民起义频发,风起云涌。此时,素常居家喜欢研究谋略的范增,不顾年事已高,怀纳复楚之志,毅然走出亚父山,奔至项梁门下献策。项梁依计拥立楚怀王孙子为楚怀王,遂民心归附,义军聚拢,引兵克秦,所向披靡。项梁阵亡后,范增继为项羽谋士,持忠事主,殚精竭虑,一步步辅助项王称霸诸侯,成就一时伟业。项王感佩至极,尊范增为"亚父",又封其为"历阳侯"。眼看江山指日可待,范增慧眼穿壁,洞察汉王"其志不在小",屡劝项王杀了刘邦。奈何项王霸气日重,刚愎自用,拒听,其后居然又中了刘邦的反间计,削去范增权力,将他冷落一旁。范增看到大势已去,怀着"竖子不足与谋,夺项王天下者,必沛公也"的悲愤心情,请辞踏上了回家的路程,途中背上突发痈疽,没到彭城(今徐州)就去世了。范增离去不到两年,项王屡战屡败,江河日下,最后落得自刎乌江的悲剧。

历史没有假如。假如项羽听信亚父的谋略,鸿门宴上果决一剑,汉家王朝或有可能易帜项家天下。从来霸道与王道,无不隐藏和调遣于仁智勇的理数之中,时隔茫茫两千年烟尘,吾辈不可妄下断语,只能唏嘘复唏嘘。

一代奇人范增虽然客死他乡,可他的灵魂却分明回到了故里,世世代代安顿在家乡人的心房。2200多年来,他像从历史深处射出的一柱光束,点亮了一个又一个仁人志士的征程。

尘埃飞扬,岁月无痕。当年居巢城里的亚父祠、县衙后的亚父墓、放王岗上的范增庙,早已风剥雨蚀,荡然无存了。但在人们的心灵祭坛上,范增的灯烛从来没有熄灭过。

有人说,地因人而名。不错,亚父山,原名旗山,因范增出山前居住于此而为后人改称,只是何时易名不得而知,但山名的变称确乎饱含着故乡百姓深厚的敬仰之情。

盛夏的一个休息日,我带着朝圣般的心境前往亚父山寻踪访古。循着村人的指点,我爬上原亚父公社治所后的半山腰,在一块杂草丛生的场坪上,终于找到人们所描述的范增旧居遗址,仔细察看,依稀可见几星残存的碎砖、瓦砾和陶片,紧邻居址的亚父泉,也已枯涸湮没,看上去虽然残破不堪,但却是真实的历史遗存。听说,区政府现已规划,拟建亚父山公园,想到未来的气象,我深感欣慰。

随后我又来到巢湖首刹鼓山寺。而今广义上的亚父山,应包括旗山和鼓山。相传古昔就有"鼓打旗摇"之说,称颂此地人杰地灵。据传,鼓山下的郭家圩、亚父圩曾是范增的练兵场和养马场。还有个叫徐洼的村子,范增也曾在那里扎过营,并且掘了七口井,名曰"七星赶月",寓意合力战胜强秦,一统天下。

沧海桑田,世事变迁,如今的鼓山已成为名胜风景区。风景区西南的岗子上,巍然耸立着一尊白色的范增塑像,在绿林映衬下格外引人注目。塑像上的范增目视远方,神色淡然中透出凝重,仿佛是在望西楚霸王而流露的无奈悲悯,也像是料定天下鹿死谁手的气定神闲。我驻足端详良久,心下不禁感慨:亚父虽不是完美的成功者,却注定是绝对的胜利者,因为霸业的兴起复致最终毁灭的事实,足以证明范公的超凡胆略和远见卓识。

我只想说,亚父,项王的旗子倒下了,而你这杆熠熠生辉的大旗却一直高高飘扬在历史的天空,飘扬在后人的心中。

秦川大地行

> 一个人青春挥洒过的地方,永远是他梦牵魂绕的精神故乡。
>
> ——题记

一

八百里秦川好地方。

那里驰骋过我的身影,印下过我的足迹,飘荡过我的气息。不知怎的,阔别28年后的今天,我无端地想念它,想念起我生命里金子般的一段时光,想念那里的山水草木、那里的战友、那里的老乡。一种怀旧和向往的亲切感,弥漫在我的心头。

终于,第二届(宝鸡·黄龙)战友联谊会带来契机,我迫不及待地报名参加，心里充满兴奋和喜悦。

正是初秋季节，日照似火，高温如蒸，我的心不由得也跟着沸腾起来。依微信里的约定，我赶往河南固始县，与战友祝明武结伴，登上西去的列车。

我已很长时间没坐长途列车了。当年异乡从戎，两地奔走，列车旅行成了常态。那时车少速慢人多，能买上有座位的票很难，常常倚在过道边立足，夜深发困，瞅瞅哪个座椅下空着，便展开事先携带的报纸铺上，爬进去"呼噜"。记得有次乘车，我从西安一直站到开封，才有幸落座。奇怪的是，那时毫不抱怨，反而觉得这样有趣。有时探亲坐车，途中停站，我从站台上买一只烧鸡和一瓶啤酒，一路啃着、喝着，不觉就到家乡了，感到非常惬意。闲话少叙。

次日上午，我们提前一天抵达宝鸡，下榻联谊会会场——嘉信潮州酒店。傍晚，我正准备上街看看，走到大厅，意外碰见同乡战友童友明。满头银发的他，让我差点没认出来。当年我们一个车皮来部队的，至少30年未见面了。记得他和我同年提干，是汽车连司务长，在宝鸡娶亲安家。听说因了这个缘由，他后来转业到宝鸡市工作。此时他来邀请共事的战友吃饭，不意在此巧遇我，兴奋地惊呼着我的名字，强拉着我跟他走，到了一家羊肉火锅店。餐后，借着几分醉意，他指着我对身旁的战友们笑道："他那时骂我叛徒,娶了宝鸡老婆。"说完,他又硬拉着我上他家看看。到了他家,夫人开的门,只见一位梳着幸子发型的娇小女性,微笑着迎接我。童哈哈大笑,说:"你看你看,现在可是家乡的老婆了。"我拍拍他的肩,也哈哈大笑起来。看来,战友之间分别多年不是坏事,隔着漫长的时空,再次相遇时变得更加亲切了。

联谊会在酒店二楼大厅举行,来自七个省、市的战友和部分随同的家属,济济一堂,气氛热烈。大家环绕一个部队的旗帜,亲如兄弟,笑容满面,纷纷登台自我介绍,最后好像商量好了似的,都向现场战友们发出真诚的邀请,欢迎到自己的家乡做客、游玩。我望着熟悉和不熟悉的战友,心下寻思,战友们从大老远的地方跑来,难道仅仅是满足于怀旧,欢聚一下吗?不。我想是因为在这个地方,关中平原,还有陕北高原,我们曾经挥洒过自己人生中最美好的青春年华,而挥洒过青春的地方,无论沃野厚土还是穷山恶水,都是我们的精神故乡。今天大家回来了,是回到属于我们的精神家园,是对青春的寻根与重温,是对岁月的怀念与瞻仰。

二

联谊会第一天下午,集体乘坐大巴到宝鸡潘家湾老部队训练队参观。因午休迟一步，我和老祝下到楼门口时，大巴车已经出发。军人最讲时间观念，岂能犯错落下？我俩遂招手坐上出租车追赶。路上，我忽然生了想法，想顺便看看我当新兵时训练的地方。

我问司机："卧龙寺建材厂远不远？在哪儿？"他喜道："正好马上路过那里。"及至临近，司机朝我努努嘴，说："喏，左边就是，不过旧厂子早拆了。"我扭头望去，果然，昔日一排排平房已为一幢幢高楼所代替，不禁心下戚戚，脑子里立马浮现出往日的情景，一幕幕仿佛发生在昨天。

1977年12月24日，我们安徽巢县一批新兵，坐了两天两夜的闷罐专列，抵达宝鸡卧龙寺火车站，随即换乘大卡车，开进已经腾空的建材厂，开始了为期三个月的新兵训练。我所在的新兵三连，12个班，每班15人。我在三排8班，排长张如新，山西洪洞人；副排长王锁火，江苏丹阳人；班长姓艾，名香虎，四川大竹人。我被排长指定为副班长。我记起二面馒头小米汤的滋味，记起在宝鸡照相馆拍下的第一张军人照，记起操场上"三五动，三五枪"训练的严厉，记起深夜紧急集合行军鞋子穿反的尴尬，记起第一次近距离观看话剧《霓虹灯下的哨兵》的兴奋，记起10发子弹命中97环获得嘉奖的喜悦……建材厂，是我军旅人生的起点，是我扬起理想风帆的码头。三个月的训练，拉开了我16年军旅生涯的序幕。

车子终于赶上,进了训练队营区。这儿位于秦岭北麓,一道沟壑蜿蜒而出,当地俗呼"山门口",后来"山门口"成了训练队的代称。

先已抵达的战友,三三两两结伴,正在营区各处走动,这里看看,那里瞧瞧,仿佛在搜寻昔日的记忆,不时指指点点,时不时还拍照留影。我想他们当中,大多数与训练队有着不一样的情感交集,或是在此工作过,或是在此受过训练,时光流逝,岁月有痕,青春之梦已飞向了秋天。我虽然没有来此参加过军事轮训,但训练队对于我同样是有温度的。

参观了一段时间后,领队招呼大家聚拢,张起会标,拍下了集体合影。末了,战友们余兴未尽,吹起哨音,集合列队,绕着操场跑步,重新体验出操的感觉。随着带队的领呼,"一、二、三、四"的口号声高亢响亮,声震峡谷,以致附近树丛上的鸟雀受惊,扑棱棱四散飞去。

傍晚时分,我们回到酒店。顾不上休息,大家又去老团部大院参观。大院闲置,原机关办公楼部分房间办着团史展览,更多的房间当作仓库之用,堆放着各种器材和文件资料。院内原先的空旷处,建起两栋家属楼。整个看去,院内冷寂,甚至有些苍凉。

回想我们部队1951年5月5日成立后,相当长时期多么火热啊——进发西南,修建成渝铁路;跨越鸭绿江,帮助朝鲜重建家园;凯旋酒泉,修筑"两弹一星"发射场;赴京备战,开建首脑工程;挥戈秦巴川渝,筑造国防战备工程;砺剑黄土高原,再造国防战略工程。一路辉煌,高歌咏唱。全团近五千名指战员,后经精简调整,于1983年1月归编第二炮兵,现改称火箭军。

联谊会活动的第二站,黄龙县。黄龙隶属延安,地处陕北黄土高原,海拔约1300米,全境皆为崇山峻岭,历史上著名的瓦子街战役就发生在这个县的瓦子街镇一带。

今日故地重游,心头别有一番感慨。

20世纪80年代,我们部队奉命开赴黄龙,建设国防战略工程。那是一场战役,一场向自然攻坚的战役,风钻、炸药、斗车、镐头、铁锹,构成宫商角徵羽般的交响,一身泥浆覆盖的国防绿,写满昂扬奋进、青春无悔的诗句。我们用奉献和牺牲,筑起了与瓦子街战役纪念碑相映生辉的巍巍丰碑。

我这么想着,大巴车已经下了高速,直奔瓦子街战役纪念碑。停下车,组织者带领大家向纪念碑献花、默哀,然后瞻仰、参观。烈士们已经远去,一脉红色基因延续下来,直抵后继者的心灵。我们仿佛举着军旗,猎猎飘扬着红色的荣光。

车到黄龙县城,按照日程,本届联谊会结束。组织者宣布,大家自由活动。

三

我依然和老祝结伴而行。

在黄龙盘桓的两日,所见所闻,可用"惊叹、感慨、亲切"六个字来概括。大致说来,活动有三项。

游览县城。自进入黄龙境内,由瓦子街到县城,我就发现了可喜的变化。全程五十多公里的路面,昔日的沙土已为柏油所覆盖,路两边种的格桑花,正盛放得绚丽多彩。车子行驶其间,分明是在花丛中穿行,给人一种夹道欢迎的感觉,暖洋洋的,很享受。及至抵达县城,只见街道纵横交错,楼房鳞次栉比,我仿佛置身于陌生之地,方位感顿然消失,不辨东西南北。我发现出租车过来,见到救星似的招手上车,先往预订的国宾酒店奔去。未承想,这座高大壮观的酒店竟是四星级,有206间客房。记得在我离开黄龙前,县城最好的宾馆是县机关的平房招待所。吃惊不小。接下来两天,我们兴奋地把县城游了个遍,看了个仔细。城内有五条主干道,小街估摸有二十多条,四十辆出租车游弋其间。街面整洁美观,房子现代时尚,城区内还建了两座公园、一座文化广场,体育设施、各式雕塑、音乐喷泉等现代元素,配套齐备,平添美感。更令我们惊叹的是夜景,登上穆柯寨,俯瞰黄龙全城的辉煌灯火,颇有"小香港"的感觉。

谁会想到,这儿曾经是黄土高原的山沟沟呢。

20世纪80年代,黄龙县城只有一条街,无红绿灯。大家笑说,一个警察看两头,够了。县电影院每来新片只放一场,因为全县人口四万多一点儿,县城居民不过四五千。今昔一对比,黄龙的变化真是翻天覆地啊!我为黄龙骄傲。

寻访旧居。我是1983年4月随营部转场来黄龙的,营部和二连驻贺家崖村。

贺家崖距县城七八公里的样子,是行政村村部所在地。那时我住的一间公屋,是干打垒土坯房,睡土炕。门口有一眼水井。我也和村民一样,摇着辘轳,汲水饮用、洗漱。在这间屋子里,我写出的杂文、诗歌登上了《解放军报》和《解放军文艺》。也是在这里,我分管的全营新闻报道、武器管理、计划生育获得全团评比第一,个人荣立三等功。你说,这样的"故居",我能不去看看吗?

可踏进贺家崖时,我顿感"失望"。原来的土坯房统统拆掉了,村民的窑洞也统统废弃了,满眼皆是统一规划建设的砖混民居。我在村里前前后后走了一遍,不由得转为欢喜,欢喜新农村的大变化,农民们过上了安居好日子。

离开贺家崖,我又去城郊原团机关驻址寻踪觅迹。老部队早已转场,办公楼已由另一支守护部队接收。因军事禁区不可随便进入,我便在大门外朝里张望,试图看到我从前的办公室兼宿舍的窗户。在那里面,当年我做过多少梦啊!正是在这座大楼工作期间,我被评为第二炮兵国防施工先进个人,名字登上《长缨》杂志里的光荣榜。也是在此地,我考入第二炮兵指挥学院。

拜会乡友。黄龙是革命老区,老区的群众特别淳朴、善良、热情。部队习惯称驻地群众为老乡。在黄龙期间,我曾结识了不少老乡朋友。限于日程,只计划看望其中三位。

一位是贺家崖的老村长。经打听,老村长过世多年了。我心里难过,不禁回忆起往事来。1983年初夏的一个周末,50多岁的老村长来营部,邀请我们机关人员上他家喝酒,并说参加人员由我们自己定。我清楚地记得,一共十五个人参加了晚宴,从傍晚喝到次日天明,一共喝掉十六瓶白酒,大部分人喝醉伏在桌上睡着了,而老村长始终乐呵呵地坐在旁边陪到天亮。如今想来,当时年轻的我们是多么不懂事啊。

第二位是邮电局职工郭根全先生。1984年9月,我家属携子来队探亲。因临时住房不易找,我有点发愁。一天到邮电局报刊门市部买杂志,随口问卖杂志的人有没有房子可租。他很爽快,想都没想,说道:"住我家,邮电局宿舍,免费。我叫郭根全。"我喜出望外。在他家住的半个多月的日子里,他给了我妻儿非常热情、细致的照顾,令我感动不已。32年来,我一直记着他。这次来看他,发现老邮电局楼宿舍已经拆除,不知他现在搬到哪里住。几经辗转,我找到郭先生的姨妹,她告诉我,郭先生患脑血栓十年了,现在在澄城县他儿子那里居住。我惋惜地叹了几声,因黄龙到澄城比较远,便向郭先生的姨妹要了他的电话,打算以后有机会再去看望他。

再一位是安徽砀山籍的老乡,姓耿,我称他耿叔叔。他是20世纪70年代举家过来定居的,七个孩子,一男六女,以种地和采集山货为生。1984年初夏,他和老伴邀请我和另两个安徽战友吃饭,倾尽全家所有,做了满满一桌菜肴。一饭之情,难以忘怀。我凭记忆,打车找到他家。老两口年事已高,一个因病住院,一个因伤在家卧床休息。我的到来,令他们欢喜不已,他们挣扎着坐起身来,向我问这问那,拉家常。他们告诉我,现在的生活可好了,有医保,有政府发的养老金,还有五间门面房出租,啥都不愁,就想把身体弄好,享享福。我听了,真为他们高兴,为全民逐步实现小康高兴。

四

到了陕西，没有理由不去西安。

西安过去有我们部队的招待所，我出差、探亲途中住过，对老城区再熟悉不过了。听说郝工退休后住在西安，我对老祝说："我一定要去看看郝工，向他致歉。"老祝不解，问："致什么歉？"我说："那是30年前的事了。"

1986年，我在武汉二炮指挥学院政治大队第五学员队学习。郝工先我一年入学，是学建筑工程的。夏天，他家属来队。有天晚上，来自同一个部队的几个学员应邀去他的临时住处喝酒。我也在其列。喝着喝着，我就不记事了。等到次日天明前醒来，发觉自己睡在自己的宿舍铺上，一双胳臂和脸部被蚊虫咬满了疙瘩，伸手拍死一百多只蚊子，鲜血染红两掌。这时候，我意识到昨晚醉倒了，不省人事了，其实也没喝多少酒。后来才明白，我那时血压低，最低时低到40—70mmHg，校医嘱我要加强营养。我因年轻，也因学习和训练紧张，便没在意，更不知道低血压患者是绝对不能饮酒的，一饮酒血管就会扩张，血管扩张，血压就更低，低到一定程度人就昏迷不醒了。至今不敢想象，郝工他们当时是如何把我背那么远的路，又如何背到三楼宿舍的。真难为他了，推想那天晚上因我的突发事件,郝工他们酒没喝几口便停了,一起紧张地忙着扶我背我,累得一身大汗倒在其次,可能还会担惊受怕。我汗颜,觉得好丑,对不住人家,以致不好意思再去见他,就把不安和愧疚埋在心底。这么多年来,一直耿耿在怀。现在正是机会,我要当面道歉,救赎心灵。

晚上,郝工为我和老祝接风,邀来同在西安定居的李副司令员、燕团长、马团长、唐副主任,还有转业在西安晚报社的黄记者。除黄记者在职,其他都已退休。大家见了面,满腔兴奋,少不了一番握手、拥抱。末了,大家又互相端详,同感岁月的无情,都说老了老了。我们分别几十年,相互没有或很少联系,所以聊的话题最多的是人事变化。从交谈中得知,留在部队的战友,大都奉献多、进步快,其中四位升为将军。我为战友们的进步感到由衷的高兴。

席间,我端着酒杯来到郝工身边敬酒,说起武汉旧事,真诚地向他表示歉意。郝工雅量,笑呵呵地说:"没什么,没什么。你不说,我倒忘了。"我把憋了几十年的话说出来,心里骤然轻松了许多。我想,做人不能欠下良心账,战友之间一定要用真情来维护。

写到这里,桌旁的手机微信响起嘀的一声。打开一看,是军校同学转来的散文诗《战友颂》,字里行间流淌着浓浓的真情。我引录其中的两节,借以表达我的心声。

找一个理由,去和战友见一面,不为别的,只想一起怀念过去的岁月,一口老酒,一声老哥,热泪盈眶。
……

找一个理由,去和战友见一面,不管混得好还是混得孬,只想看看彼此,一声战友,一份关切,情谊绵长……

下辑

流光碎影

葫芦记

清明前后,种瓜种豆。

内子应我所嘱,辗转找人要来一撮儿葫芦籽,兴冲冲地问我种在哪儿。种在哪儿?高居五楼,了无寸地,唯有种在花盆里。对,花盆里,无花果、朱顶兰们都可以蓬蓬勃勃,同属植物一族,葫芦想来也自会妖妖娆娆。

忽地对葫芦如此亲近,缘于一次途中邂逅。

两年前夏天的一个早晨,我去城郊散步,路过湖光新村的骑路菜场,无意间瞥见已经几十年未曾见到的葫芦,心下稀罕,就凑上去瞧着玩。守摊的是位老妪,见问,满脸堆起喜色,说这葫芦是她儿媳在自家院子里栽的,天然的宝贝,可好吃呢!我凭平日买瓠子的经验,尖起指甲剜起米粒大小一块送入口内,咂咂,味不苦,且还有淡淡的甜。遂将其仅有的三只一齐买了。回到家,我用竹筷棱锋刮去薄皮,切成条状,引火清炒,未加油盐以外的任何作料。炒好后,一家人举箸尝鲜,只觉柔滑爽口、清香微甜,味道果然异常之好,远非普通瓠子所能媲美。三只葫芦吃完居然上瘾,未料以后无数次再去菜场寻觅,再也没见到其踪影。于是内子说,我们自己种棵玩玩吧。

自己种?正中下怀,只是我一点经验没有。

不过不要紧,我惯常信奉"是什么,做什么;做什么,像什么",总以拓荒试水为快事。我倒腾出两只直径约一尺的陶制花盆,填入袋装腐叶土,直接下籽浇水,然后将盆分别置于东阳台和卧室南窗台,并用铁丝固定牢靠。一切忙停当,只待生命的萌发与成长。

春天真是生命勃发的季节。十多天后,芽苗争先恐后探出脑袋,挤挤挨挨,热热闹闹,一个个伸出两片肥嫩的小叶掌,像张开双臂要与人拥抱似的,十分招人喜爱。睹物思人,我联想到独生子女与多生子女的利与弊,于是依着心中定数,阳台盆里留一棵,窗台盆里留两棵,余下皆拔除。

在葫芦生长的日子里,我似乎摇身变成了慈爱的父亲、劳碌的保姆。每于晨光夕照时分,我总带着温存的目光走近它们、抚摸它们,或浇水,或施肥,倾注着满腔的挚爱与期冀。

想来,世间物事与人事,总是隐含某种相通之理,譬如我之于葫芦,就像人之于暗恋,暗恋者仅仅关注对方的当下是不满足的,总想往后里去,往深里去,打探其往昔的身世和履历。

葫芦原来也是舶来品,原产于非洲赤道南部低平地带,史前时代就已传入中国,至今已有7000多年历史。葫芦最早在《诗经》中称瓠、匏和壶。大约于三国时期,出现"壶芦"双音名称,至南北朝又有"瓠楼"之称。直到唐朝,"葫芦"这一称谓才流行开来。葫芦本身蕴藏着宝贵的食用、药用和器用价值,同时附丽其身的,还有无数自古流传下来的神话传说和歌咏它的曼妙诗文。

如此稍一打探葫芦底细,回头再看我种的两盆葫芦,不由得陡生了几分敬重。

时入仲夏,葫芦秧恍若发育抽条的少年,猛然疯长起来,蔓像蛇一样直往前蹿着攀缘,且还一边蹿着,一边逸出杈儿。阔大而浓密的叶片间,白色的雄花最先突兀而出,像路灯排列,沿着藤蔓走势布展开去。当主蔓长到三四米长的时候,阳台上的那棵葫芦蓦然开出雌花,挂果了,而窗台上的双植株却始终光长藤蔓不见"喜"。我有些纳闷,肥力同样充足,而且双植株盆儿直径还大两寸,迟迟不结果的原因,未必是双双竞争唯恐一方落下吃亏?日子一天天过去,我焦躁得最终失去了耐心,一愤之下,遂将双植株连根剪去,废了。

总算天赐祥瑞,阳台上那枚葫芦果长势良好,子房梨形,初为绿色,渐长渐为白色,半空吊在晒衣架下,引来周边邻居好奇的目光。只是有点遗憾——仅仅成熟一枚。我与家人商定,不去吃它,慢慢养着,当宠物养着,闲下来,伏在阳台扶壁上凝神观赏,讨一闲趣。

这样的日子没过多久,立秋便到了,几阵秋风拂过,原来绿油油的叶片一天天发蔫变枯。心忧葫芦毕竟不是风铃,经不住风儿摇曳,于是将其采摘下来,置于书橱眉顶晾着。

现在,葫芦已然风干,我想将它制成器物,留作心灵深处的一种念想。

做什么器物呢?剖为颜子的那种"瓢"吧,去作"一箪食,一瓢饮",但"在陋巷"的滋味实在不大好忍受。那就雕为一只壶吧,像壶公,长安市上卖完药,引来"子可教"的费长房,双双跳入壶中,不唯"醉里乾坤大",但求"壶中日月长"。

摸秋

秋天真是个好季节。数数这个季节的日子,最为欢乐的日子当是中秋,团聚、赏月、吃月饼、品桂花,气氛浓烈,欢喜多多。我记忆犹新的是我家乡民间的"摸秋"。

"摸"字,在我家乡是个雅词,含蓄、委婉,介乎褒义与贬义之间,且有几分戏谑味道。譬如大人对小孩说,你到人家家里玩,别摸人家东西啊。这里的"摸",意思就不同了。

"摸秋"是盛行于吾乡的一种习俗。据考证,这种习俗肇始于元末年间。那时候,淮河流域一支农民起义军崛起,即郭子兴领导的红巾军,这支队伍纪律严明,所到之处秋毫无犯,深受广大贫苦农民拥护。一日行军恰逢八月十五中秋节,深夜不便打扰百姓,便于旷野露天宿营。士卒们长途跋涉,疲累饥饿不堪,有几个兵士忍受不了,悄悄摸到附近农民的田间摘香瓜充饥。此事被巡夜的主帅发现,准备以军法将他们治罪。当地村民得知后,纷纷赶到主帅跟前,为那几个士卒求情。其中一位老者说道:"在巢县,八月半摸秋不为偷。"主帅不看僧面看佛面,听从了村民们的意见,最后饶恕了那几个"偷瓜"的兵士。自此,中秋节"摸秋"渐渐形成习俗,世世代代沿袭下来。

"摸秋"实则是一种民间游戏,但做这种游戏的多为孩子,而且多为调皮的男孩。每逢中秋之夜,家长大多有意放纵或听任孩子前往乡村田野中"摸秋",传说如果摸到葱,则认为这个孩子长大后聪明;如果摸到瓜,则预示小孩以后不愁吃穿。奇怪的是,平素地里的产物被谁偷了,失主往往会跳脚叫骂,而中秋之夜被"摸秋"了,非但毫不责怪,还像古尔邦节施舍似的,引以为荣,奉为至乐。

"摸秋"不光是乡下孩子的游戏,城里孩子也有这种游戏的。从前城市不像今天这般大,乡村也不像如今城镇化。那时的县城很小很小,小到走在马路上透过建筑空隙可以看见庄稼,规模与现在的城中村相反,可谓是村中城,况且娱乐场所和设施几无,放飞的童心囚禁不住,便想着法子找乐。

有一年,大约初中二年级的时候,中秋节后的第二天上学,班上一位家住郊区的男同学塞给我一个青皮香瓜,我见之一喜,问在哪儿买的。他神秘地一笑,悄悄说,是昨晚"摸秋"摸来的。哦,那人家瓜地里没人看吗?有,还有狗呢,狗叫了几声,瓜棚里闪出来一个人影,喝了狗一声,狗就不叫了,然后就看见那个人影坐下来,香烟火一明一灭的,好像没事似的。是人家没看见吧?肯定看见了,只是佯装没看见罢了。为什么?因为中秋夜里,风俗允许"偷瓜"嘛,看上他家是他的荣幸哩。我笑了,心下就想象起同学"做贼"的那一幕来,不觉也想加入其中,开心一回,过把瘾。

可我这人记性不好,只记得"摸秋",却没记住那个关键的日子——只有一个日子——中秋夜方可"摸秋"。除此日之外,你再去摸什么"秋",可就惹事了。对此我可领受过教训。

那是我高一的暑假,距离中秋尚有一些日子,记忆中是阳历8月中旬的样子。暑假里,我想挣几个钱花花,便批发冰棒做起小买卖,通常是坐火车到外地集镇去销售。这天因故耽搁时间了,便临时起意,就近去往远郊的疗养院片区游卖。卖完冰棒,大约下午三点,我从半汤干疗、空疗、小刘村、上李村一路过来往城里返,走到城边的田埠村,抄近路,途经山坡一块瓜地。烈日当空,暑气蒸人,瓜地的藤叶几乎都晒焦了,我在瓜地间大步穿越,不觉一脚踢到一个硬物,低头一看,是香瓜。抬眼四下望望,杳无人影,我以为是枯地里落下的遗物,没人要了,就屈身捡起来。我拿在手里看了看,没坏,正准备啃吃,忽闻一声大吼:"站住,别想跑,大白天偷瓜,好大的胆子!"循声望去,远处一棵树荫下,一个女人正手指着我怒吼,推想她是看瓜的。随着看瓜女的叫喊,几个年长的男子应声朝我这儿狂奔过来,抓贼似的,一边跑,一边嚷道:"看你敢偷瓜!看你敢偷瓜!"我愣愣地伫立在那儿,一动不动,任凭他们呵斥和责骂。末了,他们把我带到村里,搜查我的冰棒箱,将卫生证掳了去。当听我说自己祖籍就在附近青蒲葛,并验证了几个人姓名确认后,他们终于网开一面,没罚我款,训斥一顿将我放了。前后折腾近两小时。

这事儿让我明白,国家的法度是"王法",民间的约定俗成也是一种"王法"。这世界,什么事儿都有规矩,譬如节日里和平日里,能做什么或不能做什么,由不得自己为所欲为,须得顺应乡风民俗,否则瓜田李下,则可能惹是生非了。

西望都江堰

　　这些天来,我的目光久久地游走于电视、报纸、网络之间,脑海里反反复复映现汶川、北川、青川……地震后的废墟场景和救援画面。震灾区的角角落落,牵动着我的心,而在情感深处,我更多牵挂的是一个叫都江堰市的地方。

　　1981年12月底,我从长沙工程兵学校调到都江堰市(当时叫灌县)青城山下一座军营工作。

　　青城山背靠千里岷江,面向川西平原,群峰环绕起伏、林木葱茏幽翠,是著名的道教圣地、国家AAAAA级风景区。名闻天下的都江堰就坐落在青城山东边的岷江上,2200多年来,岷江川流不息地灌溉着西川800万亩良田沃野,造就了一方天府之国。

　　初踏上这块土地,我就为眼前的秀丽山川所迷醉。

　　一个星期天,我登上青城山游览。一路所见的古木、曲径、石梯、道观、瀑布、云气以及居高俯瞰成都平原的苍茫,令我惊叹。下山后,我抑制不住激动,诗兴大发,一口气写了组诗三首。

青城山拾翠(三首)

上清宫

林间鸟啭

扬一路天籁

石阶丹梯

舞一挂音节

攀缘,攀缘

——我升腾四千八百尺

升到缥缈的世界

我脚下滚动的乳白

可是天宫的香烟

仙道的紫气

麻姑的飘带

恍惚失却重量

连同记忆、念想、目光……
浮浮沉沉,我是
太虚幻境一抹色彩
真想啊,纵身云海
——翻飞风一样的情怀

哦,上清宫
你这古色古香的彩舟
悠悠然,空载一船岁月
今日,今日租给我吧
我用拐杖做橹
摇向天河
载牛郎织女
写人间怜爱……

古银杏

幕天席地
擎一柄世纪感叹
风雨,把昨天的烟云
雕琢成历史的褶痕
爬山虎闻讯,想读
你的身世,你的见闻

你的苍老而又年轻的心……

一梦千年,从
壶中日月中醒来
你年耆而不居老
稀贵而不骄矜
谦恭地又名为公孙

道观依旧,你
站在香火与烟火之间
站在沙漏与钟摆之间
从老庄册页里抽出一冠新绿
秋风如期而至
只三五下,摇落
满天豆粒星辰
于是,丛林中
漾起饥鸟疗伤的歌声

洗心池

一池圣水,在
三清尊神安详的目光中沉静
山风衔片云絮滑落

一群白鸽翩然起飞

左岸，繁花绽开三十六洞天

右岸，茂草染绿七十二福地

交叠的足印，书写

平平仄仄的诗句

魑魅恐惧，隐于远处偷窥

游人临池透视

掩面、羞赧、愧疚、沉思……

投枚钢镚入水

心灵溅起一百瓣水花

浸泡足了，复复反反擦洗

洗去眼眵

洗却耵聍

洗掉胼胝

在母亲的宫房里打个滚

光洁一身

重新走回人间

　　后来，我看到青城山上游客络绎不绝，管理人员忙不过来，环境卫生比较差，便以营部团工委名义，组织团员青年坚持星期日到山上打扫卫生，受到当地管理部门和游客的热情赞扬。那时,全国正兴起"五讲四美三热爱"活动的热潮,我将此事写成稿子,投寄《工程兵报》,在头版头条作了报道。

我虽然在都江堰只生活了一年半,却留下了串串足迹和绵绵眷恋。总想着,将来有一天还会回来看看的。

然而,万万没有想到,多年前都江堰在我心中定格的美丽图画,突然间就被"5·12"八级大地震击成了碎片——青城山滑坡、撕裂,聚源中学、向峨中学、新建小学、中医院……轰然垮塌,多少鲜活的生命陨灭……不忍卒睹的场面,一次次模糊了我的双眼。

泪光中,我看到一支支部队奔赴灾区,日夜奋战,拼死营救。我曾是军人,军人的天职就是流血又流汗,战时杀敌卫国,平时抢险救灾。我虽然脱下了军装,但我的思想并未"退役"。我多想立刻赶赴灾区,加入救援队伍,无奈工作不容许离开岗位,一腔热血只能化作遗憾。但我不能枯坐观望,兀自空悲,我应该做点什么,表达点什么。于是全家会商,一致决定捐款。尽管眼下尚欠10万元房贷,但较之灾区大难又何足挂齿。全家三人各自参加单位统一捐款后,5月18日上午,我从工资卡里取出1000元,通过邮政直接汇向四川都江堰市红十字会。此外,2008年是我入党30周年,我想30周年的最好纪念方式还是捐款。于是我以特别党费形式,向市委组织部交纳了1030元。

其中的30元,象征着我一名共产党员的30年党龄。

　　我知道,这只是沧海一粟,远不能抚慰灾民的累累伤痕,也远不能平息我对震灾区、对都江堰的牵挂和忧心。举国哀悼日的那天下午2时28分,我默然朝西肃立,禁不住心头波翻浪涌,想到了很多,很多。

人过五十

　　时光如风,飒飒而过。旋踵间,眼下的我已非昔时的我。可不是,我仿佛梦中还在与早晨八九点钟的太阳同行,却不觉恍恍惚惚,猛抬眼,已然日色临晡,晚霞初现,人亦越五奔六了。

　　有天和几位老同学聚会,聊着聊着,忽有同学发起感慨来,说,这人呀,一过了五十,越来越觉得好累,提不起精气神,好多事不想干了,就想找个静处休息,咋回事呢？大家闻听,都说有同感。

　　是啊,人生在世就像是一场竞走锦标赛,一路上挤挤挨挨,错错落落,你追我赶,汗水涔涔。滴答,滴答,迨至岁月的时钟滑过五十寒暑,这场锦标赛行将收官,结果渐次分晓。有人发力冲过终点线,捷足先登领奖台,感受着花环、喝彩与荣耀带来的喜悦;有人拼力最后冲刺,渴望荣膺最后一席;而绝大多数赛者均在后面不等距离落下,只能捡拾散碎的路边风景,扮着托花之绿叶、拱月之星辰的角色。

我同学所言的累,固然与生理有关,但从我们个人的真实内心体验来说,恐怕还是心理疲惫所致,即常年跋涉于事功之淖、挣扎于名缰利锁之故。所以,与其说是身累,还不如说是心累。

人在年轻的时候,满怀抱负,精进求功,竭尽潜能描绘积极的人生蓝图,无疑是应当的、可取的。然而,最终能否抵达理想的彼岸,其间变数太多太多,谁也无法未卜先知。末了,成功者固然可喜,失望者亦无须沮丧,君不闻,从来"十有九输天下事,百无一可意中人"。

其实,只要个人努力过,奋斗过,便无愧于自己的人生。事实上,我们都是平凡世界里的平凡者,平凡犹似一枚树叶一茎草,而一枚树叶一茎草,本身也有一种与生俱来的风采,舍此奢望或觊觎高天的星光、流云和翔鸟,那只能堕入昼梦夜醒的沉重与迷茫。

一岁年龄一岁人,一段岁月一段景。人过了五十,犹如四时季节的转换,一足踏入了生命之秋。秋天无多成长,多的是成熟,谷穗黄了,霜叶红了。渐渐地,在蘧伯玉"行年五十而知四十九年非"的责己共鸣声中,我们走出散乱与昏沉,脑子醒了,心儿静了,坐在阳光斜射的窗户下,悠然打开一本无形的书,一页一页翻看着、沉思着,终于,对属于自己的"天命"豁然有所领悟。

孔夫子很关注人的年龄段,且以自己的人生经验告诉弟子们,什么年龄段应做什么事,什么年龄段应达到什么境界。他认为,一个人到了四五十岁如还没有什么成就的话,那就罢了,再没有什么可观的了。

不错,人上了这个岁数,记忆、精力、意志、新知、岁月诸般衰减或有限,再欲上天揽月、下海擒龙,做出创纪录、填空白、声闻十方的大事业来,恐怕只能流于幻想。但放开视野细察,却也不尽然。比如山东目不识丁的农村大娘宋淑德,57岁开始自学文化和绘画,十多年后成为蜚声海内外的"丹青妙手";比如美国的雷·克洛克,52岁始创"麦当劳"事业,最终使麦当劳成为世界级品牌;等等。他们的内心都有如雷·克洛克"生命中最好的时光,还在前面"的乐观和自信,从而书写着大器晚成的别样人生。

我很欣赏顾炎武的两句诗:"苍龙日暮还行雨,老树春深更著花。"人生的至乐,是在衣食无虞的保障下,能够由着兴趣做自己最喜欢的事儿。事儿做出名堂来自然堪豪,纵是庸庸无成、寂寂无闻,沉潜其中亦不失为一种贴己怡心的自娱自适。

目下我便在做自己喜欢的事:读书、写作、游历……

昨夜今朝间

快过年了,快过年了。

我在路上行走,每有这类话语传入耳鼓,心下便微微一惊,倏然从恍惚中醒来,哦哦,是的,是的,快过年了,这不,我正在做着过年的预备呢。

我想我是不是有点麻木了,对于春节。

时光好像燃木炭的老式汽车,起初的滚动是很慢很慢的,后来热度上来了,又逢下坡,越跑越快,越跑越快,以至"缓一缓,缓一缓"地喊破嗓子,却难以刹住车了。

记得小时候,想年、盼年、梦年,那"年"总是远在天边,遥遥望不到影儿。父亲在城里上班,母亲供职于四十里外的长岗林场,一家的团聚,并无铁定的日子。估摸时隔不短了,日子差不多到了,我就在心里默算着,巴望着,忍不住无数回地倚门眺望,直到夕阳西下、夜幕四合,方才死了这心。而当父母终于走进我的视线,那份激动与兴奋,让我想化为鸟儿跃上天空翻舞歌唱。盼望过年,就和盼望父母归来是一样的心情。父母是年,年是父母,他们的到来,行囊里盛满了喜庆、笑颜和浓情,我总能从中获得属于我的爱——新衣服、小汽车、洋画、麻饼、欢团、杠子糖、方片糕……忘不了1960年的春节,三年困难时期最为严峻的一年,母亲带回单位分发的2斤白米,煮成干饭,我竟吃撑了,伏于桌案直哼哼,尽管一时饱嗝不好受,可那是难求一得的餍足和幸福啊。

后来长大从军,每年的探亲假,军营如无特殊任务,我也总是选在春节探亲,异地他乡的方物大包小包地往回背,背回对双亲的孝道、妻孥的爱意和朋友的情谊。一个月的假期,天天浸泡在亲情、友情、乡情的氤氲中,味亦浓浓,义亦浓浓,人之所乐,何复及此焉。

可是现如今,大不像从前了。许是年岁长了的缘故,每逢年的到来,就像盛情款待而刚刚送走的远方来客,隔天他又踅身折返敲门进来,令我很有些尴尬,全然没了头回的兴奋与激情。曾经那种对年的感觉,已然被岁月之水冲涤消解,宛如一碗老白菜忘了放盐,看一眼,苍白而无色,尝一口,寡淡而乏味。一天,我对身边友人这样直发感慨。友人说,原因简单,传统的春节不外乎就是团聚会餐,大吃海喝几天,现在日子好了,什么不愁,什么都有,天天过大年，谁还惦记春节呢？嗯，有些理儿。想想也是，春节了，即便远在海外，打个越洋电话或打开网络视频，声对声、面对面，则可弥补不能团聚的缺憾。纵是想玩，电视、网络、棋牌、晚会、烟花、私家车、各色展览，诸般应有皆有，平日与节日并无多少差别。

只是心下挥不去的感觉：童年，我是找年，煎熬难耐；而今，年在找我，靴然无奈。

虽则如此，内心深处我还是很喜欢年的。不是喜欢大红灯笼千千结，亦不是喜欢满桌八碗八大碟，是沉浸于忙年的愉悦与快意。一个"忙"字，囊括了我的年的全部风味。

每年，一踏入元旦，便望得见春节半截身子了。于是，我便开始着手过年的筹划，循着心里的清单，乐颠颠地逛超市、进菜场、去乡下，奔忙于心仪的采购；腌腊味，做卤味、炸圆子、包蛋饺，冰箱里面塞满隆重，廊檐壁上挂满热烈；掸尘、涂抹、净化、美化，四壁八角焕然一新，心儿跟着清清爽爽；打腹稿，查典籍，拟春联，推复敲，吟咏自娱，磨墨挥毫，得意之下慊然如醒；上银行，去商店，握得簇新的纸币和封袋，预备晚辈们一声声"恭喜发财，红包拿来"……整个腊月里，日子被我拿在手里，搓捏吹塑，着彩上釉，打理得花红柳绿，芬芳盈怀；而我又在日子的辉映下，红光满面，心暖如春，欣欣然不舍远去。

149

而到了除夕,我的年味已然滑入阑珊,只愿静守一旁,看孩子们游戏追逐,听年轻人欢声笑语。

想起40岁那年的除夕,我在同学家吃年饭,玩扑克,子夜始归。宿舍大院的铁丝网状大门锁闭,久呼无应,我便一个纵身钩住网孔攀爬翻越,当我跃上顶端一脚跨过做骑状时,忽地远远近近鞭炮齐鸣,满世界轰响,无疑,此刻正是大年初一的零点时分。我不知道乃吉乃凶,但心里实实地掠过一阵尴尬,转而兀地记起"昨夜今朝夜未央"的句子,就想,我正置身新年旧岁之间,一脚历史,一脚未来,只再一个纵身,我便又实现了一次跨越,跨越的不只是岁月,还有与岁月相伴的欢乐与美好。

迁于乔木

栖居在高层楼上，没了泥土草木味，时间久了，我的心灵仿佛干涸般的龟裂。我便渴想什么时候能够像鸟儿那样，从枝头扑棱一声飞落大地，在草丛里筑巢、漫步、欢唱。这是一个梦，一个并不奢侈的梦。这个梦终于在旧年秋天圆了。我迁居到一个叫"御花园"的小区，多层的一楼，心里顿然有了接地气的感觉，精神为之一振。

小区的名字散发着贵气。我在小区里漫步，四处闲看，那些花儿、草儿、树儿、水桥、亭台、石桌什么的，虽与皇家园林相比甚远，却也疏密有致，布局得体，可见开发商是用心的，叫人欢喜。

时节越过春分，熏风驮着暖阳，渐渐向深处迈去。伴随春雨一场场缓浸慢润，看着看着，草地返青了，枝头放绿了，一个"阳春布德泽，万物生光辉"的全新景象，很快会呈现在天地间。

我的宅子坐北朝南,北边草地里植着香樟、桂花,南边绿化带栽有月季、栀子、樱花和广玉兰。记得上年秋天入住的时候,我躺在榻上,透过窗玻璃可以看到盛开的月季花儿,真可谓笑在花丛中,梦在芬芳里。搬家的时候,我没忘将两盆朱顶红带过来。前些天,准确地说,是春分那天,我将两盆朱顶红挖出来掰开,分栽在阳台前的泥土里,希望锦上添花,视野里多一份美丽。活儿做完了,手痒痒的,似乎意犹未尽,还想画上一笔什么。

有一天散步,我路过草城街花木市场,见路边有卖果木幼苗的,便选购了两棵,一棵是杏树,一棵是柿树。随后,我又在附近杂货店买了把铁锹。回到家,乘着雨后土壤松软湿润,我将果苗种植下去,种植着一个潜存暗意的心愿。

杏树和柿树,都是常见的普通果木,自小我就熟识。我在挑选这两棵树苗的时候,是有想法的,或说是有缘由的。

关于杏树,有谚语云:"桃三杏四梨五年,枣树当年就卖钱。"杏树栽下四年,即可开花结果。"杏"字看上去散发出一种雅气,所谓"二月红杏闹枝头",是说农历二月杏花含苞欲放,妖娆可人,古人便将二月冠以典雅的名称——杏月。又,传说三国时期的道医董奉,为人治病不收费用，但要求重病者病愈后，要在他居住的山坡上种植杏树五株，病轻者，种一株。如此数年之间就种植了万余株杏树，成为一片杏林。后来人们便用"杏林"称颂医生，"杏林"也成为医学界的代称。

有趣的是，清人李渔在《闲情偶寄》里，却将杏树命名为"风流树"。他说："听闻杏树如不结果，将处女常穿的裙子系在树上就可以结出累累果实来，开始自己不信，后来试了试果然如此，可见树中最好色的，要数杏树了。"咦，这真奇了。我从来没留意过，也不知真假，只知道我家老宅早年的杏树，有的年份结出很多果子，有的年份结得很少，通常的说法是，今年发旺杏子或今年杏子不发旺。哎，那就等四年后，看看我现今植下的这棵杏树到底如何。

深秋过后，霜冷风寒，柿树上的叶片渐次飘落殆尽，红澄澄的果子缀满枝头，近看宛如一盏盏灯笼，远看仿若一团团彩霞，鲜艳动人，甚为壮观。

小时候的事记忆犹新。吃过很多甜甜的柿饼，也尝过不少软软的红柿子。青柿子是没法直接入口的，你若不信，尝口试试，保准麻药似的，涩得舌头根子僵硬没了知觉。不过也有办法，即土办法，将青柿子埋入淖泥里浸，大约一周即可自然脱去涩味。此时扒出来洗净，尝尝，口感脆脆的，味儿甜甜的，鲜美极了。

现如今，人们追求生活品质，柿子不入流了，失宠被冷在一边。我下乡钓鱼,看见许多农家门前都栽着柿子树,满树的果子,红彤彤的,一直挂在那里晾着,也没见人去摘。有次我不解地问一户人家,为何不摘下来吃?回答说:"留着好看。还有,雪天喂鸟。"话语随意,淡淡的,却深深打动了我。我想,什么时候我也在门前种一棵柿子树。现在如愿了。我便想象着,等到柿树挂果子后,也不采摘,留在树上,于冰天雪地的日子,让我的邻居和过往行人都来欣赏这别样的雪中美景。我也可悄然隐在窗帘缝隙后面,窥视"野鸟相呼柿子红"的枝头热闹。

暮年学驾

中国的民间文化历久弥新，单就劳动人民创造的那些谚语，便如沙海一般，粒粒不可计数。昔有"读了《琼林》走天下，读了《增广》会说话"之谚。何以读了《增广》会说话？因是其中汇集了大量的格言和谚语。谚语简明生动，易记易懂，充满着义理和智慧，当我们遇人遇事需要表达见解时，脑子一闪，信口来上一两句，很容易让人理解、认同和接受，产生出奇的效果。

比如，年轻人不求上进，一无所长，眼看将来谋生都成问题，这时长者就会劝勉说，你要学个手艺呀，学个技能呀，学什么都成，就是学个猪头疯，也好过扬子江哩。啧啧，这话儿说得多形象，说服力胜过千万干涩之废言。如果长者想让你多学些技艺，又会鼓励说，艺不压身啊！而当你年岁大了，再有人劝你学艺，你可能以"人过三十不学艺"为由，一笑了之。呵呵，真是人嘴两张皮，咋说咋有理。

无论怎样，终归是人生在世，没有技能衣食难以保障，没有技艺生活少了情趣。这个道理是人皆明白的。不过技能与技艺，有时亦融为一体，不分彼此。古代儒家要求学生掌握的"六艺"——礼、乐、射、御、书、数，便是如此，实则亦为立身才能。六艺中的"礼、乐、射、书、数"姑且不论，现单来说一个"御"字。

御，在古代是指驾驭马车的技术。而至当代，御的内涵发生变化，应为汽车驾驶了。想从前，20世纪80年代以前，有民谣说："四个轮子一把刀，白衣战士红旗飘。"其中就包括汽车驾驶员，那职业热得惹人眼红流鼻血。未承逆料，改革开放推动时代飞速向前，如今"四个轮子"不再稀罕，放眼街头和路面，密密似蝗，滚滚如潮，小汽车成了普通百姓寻常的代步工具。在此同时，随着"车改"的一声令下，公职驾驶去职业化已成现实。老爷轿子早没了，老爷车子也坐不成了。倘你不屑自行车，不屑电瓶车，又不屑安步当车，那便赶紧去学驾驶好了。对，学驾驶，自己驾车与风赛跑，多自由，多便捷，多潇洒啊！

我不是老爷，却是道道地地肩扛孙儿的爷爷。我这个年纪，在春秋时代可称为"老夫"。所以，我的阿里旺旺名字就叫"老夫偶发少年狂"。今儿，再发一回少年狂，上驾校,学车去。擎起前卫的大纛,我要与时代同行,与时尚共舞。

凡欲做一件事,总会寻到足够的理由。先人曰:"老而好学,如秉烛之明。"学车如读书,其理无异。一则我有志于驾,二则我手足敏捷,三则亲朋好友都给我鼓励,加上"古稀"之前均有资格跨入学驾门槛的新规,这些都给我很大的鼓舞和激励。

一番征询和思量,报名C2自动挡。自动挡相对易学,且自动挡车乃为发展趋势。

教练70后,而我50后。教练说,学车年龄不是问题。没错,学员中居然有40后,而其操作反应毫不亚于后生。遂我信心益增。

素来奉行"是什么,做什么;做什么,像什么",练车亦如是。教练在学员中公开表扬我认真。的确,认起真来,效果就好,进步就快。半个月后科目一通过,一个月后科目二通过。眼下已奔行于科目三——道路,不日将会实现圆满的欢喜。

那日科目二考试,引导员见我年长,笑着问:"你学车是为接送孙子上学的吧?"我说:"您看得真准,正是正是。"我心中的秘密,一下被引导员揭穿了。当初确是这么想的:孙子上学后,须得我接送,如果骑着自行车或电瓶车穿行于车流人潮当中,速度慢、危险系数高,况且,孩子看到别的同学有小轿车接送,可能希望自己也能拥有,所以必须拿驾照买车。当然,兼顾的目的还有远道游历、远途垂钓、远方造访战友呢。

现在,我坐在车里,手握转向盘,微笑着目视前方,分明望见前面的路依然还很长,很远……

惜秋花

记忆里有一次旅行,与同伴挤上火车,汗涔涔的,顾不上擦,寻号落了座,呷口茶,说说笑笑一阵,间或侧眼窗外,瞅瞅唰唰而过的风景,末了有些困,伏在几上入梦。梦里正快活,忽闻同伴提醒的声音:"到站了!到站了!"

到站了?到站了。

公元2016年10月11日,单位人事处打来电话,通知我去办理退休手续。我先一惊,俄而一乐。呵呵,我的职业生涯,亦如火车旅行——"到站了"。

其实也无惊。五年前,行政区划调整,我就选择离岗,成了自由翱翔的鸟儿,优哉游哉,习已成惯。只唯,每思一年小学代课、十六年军旅生涯、二十年公职在岗,历时三十七载,身心怠惰,功业苍白,心下不免憾然而愧怍。

退下来,友人关切,问我适应不适应,有没有失落感。

我一笑。这使我想起早前读过的段子,某领导退休回到家,往日的神采顿然消失,整天木着脸,烦躁不安,或转来转去,或呆坐发愣,时不时还没来由地发脾气。老伴性灵,摸准他心里的脉,早上买菜前,将拟好的菜单报告呈给他审批,他高兴地大笔一挥:同意!从此笑容又挂脸上了。于我而论,生来没有择席的毛病,也没有异地游居的水土不服,无论什么环境,倒头便可呼噜。这样的人,没心没志,随遇而安,遑论什么适不适应。

不过,内心的失落多少还是有一点的,那就是时光。一个甲子,六十块大洋,何以如此不禁花,三花两花就告罄了。小时候,看到父亲与几个和他年龄差不多大的老头,澡后仰在躺椅上叹老,这个说,黄土都盖到我胸门口了;那个说,我呀,恐怕都快掩到老颈把子了。我觉得好笑,没事糟扯,至于老不老,老到什么程度,于我是很遥远遥远的事儿,毫无兴趣。现在,轮到我感叹了,感叹的原因,庄子早就说了,"人生天地之间,若白驹之过隙,忽然而已"。这话儿透出自然的不可抗力,却有些悲凉,容易让人泄气。我承认岁月的无情,心里却隐隐不服,或者叫不甘。不服不甘,又无可奈何,就只能转向生活的本真,回到现实中来。

毕竟,退休是人生之路的拐点,自此将打开另一册书页,开始另一种生活方式,心底能不激起涟漪吗?那天,我写了首顺口溜：

退休感怀
日坠西山月出东，
六十甲子犹飘蓬。
青春方才照个面，
幡然白发入老境。
何来何去两不知，
空负囊橐到如今。
漫道桑榆近斥鷃，
风淡云清慰浮生。

诗中抒发着我的感喟、自省和畅想。

当我把这首顺口溜贴入新浪博客时，博友们纷纷赋诗唱和，为我退休祝贺、祝福。读着，想着，摇摇头，又点点头，感觉退休也是很幸福的事儿。

遥想当年窝在破草房里的杜甫，老来疾病缠身，温饱难继，孤独地爬上小山，禁不住发出"万里悲秋常作客，百年多病独登台。艰难苦恨繁霜鬓，潦倒新停浊酒杯"的哀叹，那种孤苦，那种凄凉，实在难以想象。而今天，这样的画面只能从史册里寻觅了，新时代的社会保障阳光普照，老有所养，病有所医，万民同享。且不说跟杜甫的时代比较,就是和我们自己数十年前相比,冷暖厚薄两重天,能说这不是福分?

一天,单位组织退休人员参观刘铭传故居,我从人物简介中获知,这位清朝名臣,1836年9月7日出生,1896年1月12日因病去世,算算,享年不足60周岁。我笑着跟带队的人事处长说,要是搁在今天,这个岁数还不到退休年龄呢,看来我们能退休,真是一种福啊!是的,一种福。生命是脆弱的,也是无常的。想一想,在人生的旅途中,有多少不幸者在途中提前下了车,令人唏嘘惋惜。所以,我们这些退休的人应当庆幸,应该知足而珍惜。

"自古逢秋悲寂寥,我言秋日胜春朝。"我十分欣赏刘禹锡这种旷达、乐观与豪放。人生如四季,季季皆有景。古有解甲归田,今儿个我退休还家,不过是转脚踏入生命的秋天,换了一道风景线而已。

回眸过往,我们一直在路上,背负生活的重轭、亲人的厚望、个人的理想,不停地向前赶路、赶路,历经种种坦途与坎坷、光明与黑暗,无暇盘桓人生的驿站,无心顾盼沿途的风光。真真切切,一咏三叹,我们未曾辜负时代,却辜负了青春与时光。而今夕阳临照,疲惫的身心是该歇歇了,好好善待自己,好好拥抱这贲然盛饰的丽景秋阳。

好喜欢弘一法师那句话:"春花不惜惜秋花。"是啊,春花既远,秋花不亦灿然吗?

盲从的代价

人的独立思考和主见，颇为社会所推崇。下意识里，人们总以为自己冰雪聪明，谁都不会承认自己随波逐流没脑子，然而事实上，无意识里谁也掌控不了自我，判断不准自我，在自觉与不自觉之间，其实我们都对自己很陌生。

我便是。

2005年的初夏，大地满眼的姹紫嫣红，绚烂秀美。行走在一派明丽的季节里，我的胳臂和下肢也仿如木本花枝，忽地打起花苞来，先是一朵一朵，继而一簇一簇，再后一片一片，以至蔓延到胴体的主干，恣意成汪洋大海。我多想它们是从诗里开放出来的木槿花，给人以夺目的鲜艳。可是不能啊，它们没能开出花来，却演化成了蚁垤，又弥漫成了丘陵。

我忍受不住了，奇痒；奇痒之余，真想狠狠心把这些

"花苞"一齐揪了。大夫瞅着疙疙瘩瘩,惊讶一声,啧啧,荨麻疹!试用抗过敏药无数,却无甚效,那些日子里,躯体上明里暗里,太阳月亮星星一般凸起着。渐渐地,喉头开始干燥,发痒,水肿,倏然于一天深夜突发起哮喘来,喘得我宛似被人五花大绑,非但气息透不过来,连眼珠子睁胀得都几乎要飞出来。平生头一回经历,乖乖,憋死我了,我解开裤带趴在书桌上喘气,因怕深更半夜拨打120影响邻居休息,就那么忍受着到天明。其时我边喘气,边才体悟到禅语的那句话,"生命就在一呼一吸之间",真是精辟极了。

住院十天后出来,哮喘是没了,可是荨麻疹仍旧像甩不脱的泼皮一样纠缠着。转念就想看中医。我是历来相信中医的,以为,急性病、器质性病变适宜西医;慢性病、功能性病变适宜中医。况乎一级医院一级水平。于是就去省中医学院第一附属医院,看皮肤科门诊。坐诊的是位中年女医生,姓张,一番望闻问切,给我开了七剂草药,药费只消六十来元。服用几天后,症状果然减轻许多。一周后我如约又去测定过敏源,对症新开了草药。效果显然是有的,但终究没能根治。一天去柘皋镇钓鱼,中午在饭店吃了芫荽拌干子,半小时后四肢又连片鼓起了风疹。这让我陷入困扰与沮丧之中,久久不能自拔。

回到家里,再次翻看检测报告单,细细看,细细想,过敏源怎会是蟹、虾、大蒜、洋葱、辣椒、苹果、桃子、葡萄呢？左思右忖，不得其解。

一天，我在网上查阅高血压药尼群地平的副作用，不经意间，不知哪根筋使然，就顺手查一查维生素C的副作用。不查便罢，一查，傻了，愣愣地半天回不过神来。说不清是惊愕，还是惊喜，原来维C既是天使又是魔鬼，真正的一把双刃剑。它吃多了，会引发荨麻疹；荨麻疹发展严重，会致喉头水肿；喉头水肿的重，会诱发哮喘。完完全全，一条链子的逻辑递进。我明白了，原来过敏源就是我服用的维生素C，一种由多种元素合成的白色魔鬼。

事情得从头说起。在我年近半百的时候，有位医生朋友看我又喝酒又抽烟，出于关心，建议我服用维生素C，我当时笑笑，未置可否。这年4月初，我在第七期《读者》上读到一篇题为《鲍林与维生素C大论战》的文章，文中美国著名学者、两次诺贝尔奖获得者鲍林教授提出，维生素C可以预防感冒、可以抗病毒、可以延缓衰老，正常人可以大剂量服用。鲍林自己实验，每天服用上千毫克，活了93岁。权威人士现身说法，对此我深信不疑。联想到我岳母长年每天服用300毫克维生素C，身体一直很好，于是我决定也服用维生素C，剂量先和岳母一样，早中晚各一片。就这样，一个半月后荨麻疹骤然爆发，而自己浑然不知病因。我思量，鲍林服用1000毫克无事，岳母服用300毫克平安，而我为什么却有如此严重的特异质反应呢？道理恐怕就像饮酒，有人喝一两酒醉倒昏睡，有人饮一斤照常上班，全在于个人体质差异，承受力与消解力的不同。

病源终于找到了，我开始减服维C，用了一个月时间过渡，次第减量，直到完全停药。几个月过去了，直到今天，荨麻疹再也没有复发，可谓不治自愈了。这真是解铃还须系铃人。

沉重的代价换来沉重的叹息，原来自己就是个盲从者啊！依孔夫子之见，我不过是个"从物如流，不知其所执"的庸人而已。

梦里浏阳踏歌来

　　曾住八十三天医院后活过来的我，紧随时光，衔枚疾走，似乎一个盹尚未打完，便又走进了岁月深处。曾经的青年常往影院跑；如今的老汉常往医院跑。每于病榻恹恹睡梦中，弯弯的浏阳河总是朝我奔涌而来，于是我仿佛又躺在163医院暖暖的病床上，禁不住漾起几丝微微的笑。

　　1980年冬，我随部队从重庆转场到长沙工程兵学校执行任务。翌年5月的一天，我忽然咳嗽不止，并伴有发烧，病情一天天加重，及至后来昏迷不醒，危象瘆人。6月3日，一辆吉普车将我送到湖南省军区163医院抢救。

　　163医院创建于1940年，坐落在长沙北郊的浏阳河畔，房舍清一色的苏式建筑，院区内绿树成荫，鸟语花香，无疑是治病与疗养的理想之所。

　　我被战友搀扶着走进内科廊道，身子支持不住，慢慢往下瘫去,只听一位女性声音,"病人要倒了,病人要倒了"。战友遂听从安排,架着我住进103号病室,医生们立即赶来投入抢救。最初我被仓促诊断为肺炎,按肺炎医疗方案救治,可是迟迟不见效果,高烧始终降不下来,人像蚯蚓一样软绵绵地瘫在病床上,双眼紧闭,昏迷无语,几乎完全丧失了知觉。

时值盛夏,号称四大火炉之一的长沙炎热无比。那时尚无空调,病房里只有一架落地电风扇,又因同室八个病号症状不同很少能开,这既苦煞了病人,也苦煞了护士们。我的饮食是流质食物,每天三顿都由两个护士服侍,一人搂起我的头,一人用汤匙喂;因我无力翻身,怕我一个睡姿久了热得生痱疮,护士们一天帮我两次翻身;每天傍晚时分,照例有三个护士合力为我抹澡。我清楚地记得,总是两个年轻的护士左右将我扶坐起撑着,年岁稍长的孙护士长用热毛巾上下前后给我擦洗。当时我没有气力说话,眼睛也无力睁开,可心里感动得直想哭,我想她们就是我的亲姐姐亲妹妹啊!

这样的昏迷半昏迷状态持续了一周多。主治军医朱华根十分焦急,召人会诊,全面检查,最终确诊我为左侧结核性渗出性胸膜炎。对症下了药,当夜高烧便退下来。高烧一退,我多日紧闭着的眼睛也睁开了。随着病情的好转,我的精气神日渐恢复,青春活力还魂似的重新归来,不时与病友和护士们说说笑笑。来自广东的张护士开朗幽默,她不但精于护理,还会理发,内科的男病号头发差不多都是她义务理的。那天她看我头发长了,人也能坐起来了,便挟着她的理发工具箱进来,拖张方凳要我坐下,随后布巾一围,张开推剪就在我头上嚓嚓嚓地推起来,边推边诙谐地说:"做男同志真惬意,我要是男同志肯定剃个光头,既光亮又凉快,多好啊!"逗得一屋子病号哈哈笑起来。

护理兵小C,这位时年21岁的常德姑娘,温和善良,勤快灵巧。在我不能下床去餐厅吃饭的时候,天天给我打来饭菜;在我可以下地行走的时候,天天为我整理床铺;在我换下汗衣服的时候,次次替我浣洗;在我食欲增强的时候,经常问我想吃什么,得知后马上就给我买来;甚至每周一次院里放电影,见我一人在病床上孤单,她也不忍去看,专来病房陪我说话……多少年后,我才明白,这是湖南妹子表达爱情的委婉方式,而我却木然未觉,辜负了人家。这些暖人的事,一件件,一桩桩,给我烙下了深深的印记。今天,28年后的今天,我在故乡遥遥地感激她们,祝福她们!

住院的中后期,我已属休养性治疗,除了按时打针服药,可以自由活动了。

可以自由活动,意味着体力恢复得差不多,能做一些力所能及的事。那时候,学雷锋活动方兴未艾,年轻的我受到召唤与鞭策,加上出于对医护人员的感激,便想表现一番以示回报。看到科内两个护理兵事杂繁忙,十分辛苦,我主动上前帮着拖地、搬运物品;眼见入住病号多,护士人手不足忙不过来,我替她们看护重症病号,出出进进报告讯息;听说护士长工作忙得顾不上搬家,我和病友周日悄悄过去帮着搬运拾掇……我们的劳动付出,获得了医护人员的嘉许,医患关系亲善有加,非常融洽。

我住的内一科,病号都是军人。病友之间,相处同样和谐。互相调剂用品,互相赠送零食,互相代办事务,傍晚时分常常一起出门到浏阳河畔散步,更多的是大家在一起交谈聊天讲故事,愉愉快快找乐子。那情景,真真切切,亲如兄弟。

忘不了的还有医院的伙食,真好,菜品丰富多样,天天翻新,主食米面制品南北兼顾,人性化料理暖人心扉。

记得院内有个巨大的水塘,水塘里放养着多种鱼,其中鲤鱼尤其多,每隔一段时间,院里便网捞部分出来给病号改善生活,味道相当鲜美。我的家乡认为鲤鱼是发物,病人不宜吃,因而我没敢尝。我的主治医生听后,笑了,朝我手一挥,说,中医讲忌口,西医不忌讳,放心吃吧,没事。这是我第一次听到的新知,从此破了戒。

那年月正是文学复兴的启蒙时期,我也是追风的文学青年,酷爱写诗。我将心中的感动化为激情,一连写出了

《红十字闪出的光束》《这里没有硝烟》《两个护理兵》《浏阳河畔》等组诗,唱出了自己的心声,表达了我对医护人员的谢忱和崇敬之情。

这年的"七一"前夕,内科马教导员得知我在写诗,便要我写首诗献给党的生日。我高兴地应承下来,遂用两天时间精心创作,写出一首题为《写在党的六十周年诞辰日》的诗,长达105行。7月1日那天,这首诗由医院有线广播男女播音员在高音喇叭里朗诵了数遍,听得我自己也热血澎湃起来。

过了几天,马教导员为此特意奖励我一个精美的笔记本。这件礼品和朱医生给我开的出院通知单,我至今还保存在家里,保存在记忆深处。

近闻,163医院在新世纪又被评为"全国百姓放心示范医院"、湖南省"雷锋式医院",杏林之光更加熠熠放彩,令我欣喜不已。

163,我生命中劫后余生的一场大捷,永远铭刻在心头。

我的偶像

人的内心无不筑有一座"神龛",神龛上供奉着你所崇拜的偶像。

偶像是一盏明灯,照亮你的前进方向和道路;偶像是一面旗帜,引领你的价值取向和追求;偶像是一首诗,可用铿锵的语词书写大千世界;偶像是一幅画,能用宽阔的胸怀装进天下山水;偶像,有时或许什么也不是,仅仅是高山仰止的崇拜而已。

谁也无法否认偶像的存在,谁也不能说自己不曾有过偶像。当你牙牙学语之时,最初的偶像大约是父母或者身边最亲近你的人。后来长大了,心中的偶像开始不断调整和变换。不论怎样变化,偶像始终是我们心灵里的一道影子,走到哪里跟到哪里,无时不对我们的"三观"产生着微妙的影响。敬重偶像,走近偶像,进而效仿偶像,在一定程度上会改变我们的人生。

我是一介凡人,心中当然也有偶像。

一

1975年秋天,我读高二,某天从罗卫东同学那儿借阅一本内部版的书《基辛格传》。书中的基辛格博士原来只是哈佛大学名不见经传的教授,但他长期关注和研究国际问题,经常致函白宫发表看法并提出建设性意见。如此天长日久,许多重大国际问题被基辛格所言中,终于引起白宫的注意,从而由此跨入白宫受到重用,成为国际知名的政治家。有人采访他,问他成功的秘诀是什么。基辛格回答说了很多话,其中有一段话引起我极大兴趣。今天回忆起来,核心观点是:一个人想要引起他人和社会的关注,凡事要多表现自己,方才显得机灵,赢得机会。用今天时尚的话说,就是展示自己,推销自己。这事当时给我两点启发:一是要有真本领,二是人要活跃。

后来我入伍到部队。在新兵连训练期间,面对全连近两百号人的陌生面孔,我就想参照基辛格的经验,试图改变一下自己,多多表现表现。于是,我积极参加集体活动,大会小会踊跃发言,瞅着机会主动展示我的绘画、诗作、美术字以及唱歌。

部队用人重在真才实学。我的表现终于引起官兵们的注意。不久,连排首长决定让我负责连队墙报栏的设计、抄写和更新,安排我教全排战士唱歌,还让我当了副班长。因为表现不错,"声名"远扬。三个月后下老连队,我人还在途中,团政治处就已发出电话通知老连队,点名要我去团机关当电影放映员。尽管老连队"惜才"没放行,我下连后参加文艺排练和演出,三个月后接任军械员兼文书,也算是连首长对我的重用。

二

1978年夏末,新任不久的李文周营长到我所在的一连检查工作,顺便提到机一连文书能将全连六十多支枪号码熟记在心。我不知山高水浅,在一旁接口道:"这还不简单,我两天就会背出来。"李营长听我夸海口,恼了,当众宣布:"两天后考核你,答不出来就给你处分!"那时全国都在学大庆仓库保管员齐莉莉"一口清",开展岗位练兵活动。我是连队军械员兼文书,首要职责是保管库房里的武器,现在要求短短两天内对全连一百七十多支枪来个号码"一口清",绝非易事。没奈何,自己惹事自己担。我丢开其他事务,把自己关在屋里,一门心思背号码。半天背一个排,不想两天下来真把全连枪号码都给背出来了,而且滚瓜烂熟。两天后李营长果然带人来考核。他拿着连队人员花名册,问某人枪支号码,又随机取一杆枪,念号码问是谁的枪,如此反复提问二十多次,我都对答如流。考核结束,李营长笑了。不久,我被调到营部工作,半年后提干。

李营长有着十足的军人风范,作风正派,为人正直,处事果断,勇于担当,时时处处以身作则。虽然文化程度不高,但他爱学习、爱思考,观察敏锐,预判时事一判一个准;平时讲话也总能讲到点子上,有力度有深度。他对歪风邪气和不良现象毫不留情,敢于揭露和批评。他曾为此被错误处理过,冷板凳坐了多年,平反后依然保持一腔正气,敢说敢为。他是我钦佩的偶像。

我在李营长身边工作了两年多。他的品格和风骨,对我产生了渗透性的影响。我转业地方工作后,依然保持着这种"军人性格",并以此为荣。

三

1985年秋,我到武汉第二炮兵指挥学院政治大队第五学员队学习。有天上课,我见讲台上来了一位瘦瘦高高的教员,看样子40多岁。我们五队熊队长介绍说,这是我们大队宋政委,给大家讲课。我心想,大队政委是正师职领导,首长还给我们上课,是否屈尊了?我在部队还没见过师长呢。此后,宋政委——也是教授,和其他教员一样,按照课程表正常来给我们讲课。

我喜欢听他的课。他对思想政治工作理论精熟,讲课不看讲稿,就像即兴演说,围绕某个话题侃侃而谈。缓慢的语速,伴随讲台上缓慢走动的身影,给人一种从容、自信、儒雅的感觉。尤其是他那浙江诸暨口音的普通话,好像音乐,抑扬顿挫,叫人听着舒服。

宋政委毫无架子,经常参加我们学员的学习讨论和娱乐活动,谁有疑问向他请教,他都耐心解答。我记得有次上课,在讨论领导干部的威信从哪里来这个问题时,宋政委说:"领导干部的威信要靠自身的修养,一要有知识、有水平,二要以身作则,三要关心部属。"这三条给我印象特深,至今牢记在心。

日常里,我所看到的宋政委,是那么平易近人,忠于职守,力疾从公,敬奉事业。他在处理行政事务之余,潜心研究思想政治教育,写文著书,取得一项项成果。便是后来退休,他也闲不住,应邀在武汉多所大学巡回演讲。

他的人格魅力、敬业精神和学术造诣,在我们学员中有口皆碑。

我因论文写作请教,多次走进宋政委的办公室。在他悉心指导下,我写出了多篇论文,其中两篇被收入集子公开出版，成为部队基层政工干部培训的阅读教材。此外，宋政委对我的工作也很关心，1991年5月他给我来信，打算把我从巢湖军分区调到本院政治部工作。遗憾的是，当时我已经申请转业正待分配。

宋政委是我的精神导师。在地方政府部门任职期间，我以他的敬业精神鞭策自己，全身心地投入工作中去，创新思维，奋发进取，为社会保障做出了较大贡献。欣慰的是，我因解决全市养老保险历史遗留问题业绩突出，获得省人社部门颁发的"创新奖"，并在全省一个专题会上作了经验介绍。

四

在家乡军分区工作期间，我又遇上了一位偶像。他叫张志钧，是军分区下属一个县的人武部政委。因为工作关系，我与他打过多次交道。他的理论水平相当高，表达力超强，出口成章，记录成文；他的文笔非常好，写过的材料多次被南京军区和总政转发，在省军区系统素有"南张北李"之说；他的工作能力很强，所带的团队各项建设争先进位，成就辉煌，经常受到上级表彰；他谦虚谨慎，作风稳健，不事张扬，为人低调；他体察下情，关怀部属，用人公道。我接触过他的多位战友和部下，尽管分别多年，他们提起他无不竖起大拇指。

　　这样的精英,在我眼里近乎完美,叫我怎不佩服,怎不对他肃然起敬?

　　他的标杆高,难以企及,但这并不妨碍我怀有向他"看齐"的意识。在职期间,有一点我就深受他的影响,那就是关心下属。凡是我的下属,我都尽己所能,关怀到位。

　　综上所述,第一位偶像教我怎样"出道",第二位偶像给我注入"正气",第三位偶像让我学会"敬业",第四位偶像促使我努力靠近"完美"。可以说,这四位偶像是我的活生生的座右铭。他们的足迹分明是一行行诗句、一串串音符,我只能朗读,只能吟唱,尽管今生不能望其项背,但他们永远是照亮我的星辰。

惦记一个人

有一个人,我一直惦记着。"一直"是个含糊的词,明白说,18年。

18个雪去霜来,他就那样风轻云淡地在我脑海里恒久地盘绕。从前的笑靥渐渐被岁月蒙上烟霭,而他的名字,却在我心头常常念起,我常常擦拭,保养得鲜亮如初。

他叫许俊文,安徽定远人。

俊文长我两岁,也早我两年入伍,道道地地是我兄长。

20世纪80年代,我们先后从野战部队调到家乡军分区,他在蚌埠,我在巢湖,从事的都是宣传工作。

1991年初,省军区召开全省宣传报道工作会议,在这个会上,我与俊文初次相识。因为初识,会议时间又短,没机会与他深谈。记忆犹新的是,他在会后签名赠给同行的我们每人一本他的作品,一时在小圈子内引起轰动。要知道,那时候我们都很年轻,出版作品可是极大的荣誉,况且我们达不到出版作品的水平,我们羡慕得很,也惭愧得很。

这本书名为《寻找不回的世界》,1990年12月由安徽文艺出版社出版,书中收集了他创作的66篇(首)散文、散文诗和诗歌。透过作者简介和作品,我对俊文有了初步了解。我翻着这本集子,通读了一遍,觉得俊文十分了不起。入伍十几年,多半蹲在基层,军旅生涯本来就紧张,而在连队工作更是"两眼一睁,忙到熄灯",想象不出他是如何忙里偷闲,潜心创作,把零零碎碎的时间连缀成一篇篇精彩华章。由此足见他对文学是多么热爱和痴迷!因了这个缘故,从那时起,俊文和他的文学作品便收藏在我记忆深处,成了我的精神向导和求进范式。

奈何"铁打的营盘流水的兵",我于1991年下半年转业到地方工作,从此我们中断了联系。等我人生安顿落定,从琐事与浮躁中脱身出来,重新拾起遗失的文学之梦时,恍恍惚惚,已经许多年过去了。

而今我伫立在新世纪的岸头,面对远天的苍茫,心头渐渐沉静而明亮起来。似乎骤然间,昔日的朋友和往事纷纷朝我走来。我想起了别离的战友,想起了俊文兄。只是,分别18个春秋了,他还记得我吗?

带着几丝疑虑,我开始寻找,试图找回曾经别离的"世界"。终于,不经意间,我在《散文》杂志中惊喜地看到了俊文兄的作品,陆陆续续读到他的《乡村散版》《青海长云》《一些事情隐藏着》《俯向大地的身影》等散文。这些作品文字犹如俊文的名字,俊逸、优美,而且大气、厚重,显现出他的写作水平上惊人的飞跃。读着读着,我仿佛嗅到俊文家乡豆村的泥土气息与草木清香。他的文学感觉,及其宏阔的视野、幽微的洞察与细密的描述,非我等庸常者所能企及。他已遥遥地走在我们前面,走向崭新的境界。他已成为知名的散文家。

睹文思人,我在网上搜索他的名字。霎时,许许多多有关他的信息跳入我的眼帘。从中得知,俊文兄后来就地转业到蚌埠市文联,主编《散文家》杂志,出版了长篇报告文学《淮河魂》《血祭江海》《皇都末日》等、散文集《预约秋风》《留在生命里的细节》等,数十篇作品被《新华文摘》《作家文摘》《散文》《读者》《青年文摘》等报刊转载,并入选多种全国优秀散文年选、大学教材、高考试卷等。这些好消息,令我对他倍加钦佩,也加深了我对他的念想。只是,苦于找不到联系方式,我心里黯然,有点失落。

最终应该感激网络时代,感激网络造就的信息链接。

乙丑年雨水节气期间,我在网上闲逛,无意中在"在水一方"博客"自定义模块"中看到了"许俊文"三个字,信手点击一下,"乾坤一豆"的博客立马展现在眼前,仔细瞅瞅,果然是俊文兄。惊喜之下,我立即在《寻醉杏花村》一文后留言,写下我的手机号码。时过两日,俊文兄给我发来短信,说:"得到你的消息非常高兴,有一种众里寻她千百度后的惊喜。我目前暂居池州……"于是惦记者与被惦记者终于接上头,彼此开始了短信往来。在听了我激动的诉说之后,俊文兄饱含深情地回复道:"一别廿载,你还惦记着老友,让我感动莫名。世事沧桑,生死契阔,你我犹如汪洋中失散而重聚的鱼,幸甚之至。"末了,表示春暖花开之时来巢湖看看,与我把臂叙旧。

我期待着春暖花开,期待着早日与老友重逢。

惜福

元旦晚上,我做东,邀请众亲属聚餐迎新。地点就定在侄儿开的"凤凰阁菜馆"。一张大圆桌可坐二十人,圆圆满满的样子,看上去就叫人欢喜。

做着东,方才体会出什么叫"宁做千日客,不做一日东"。我几乎用了半天工夫,照着心里拟订的名单,一个一个地电话请,一遍一遍地电话催。最后,又是最后,二哥姗姗来迟。一个多月前兄弟姊妹聚会,二哥坐出租车出来,居然记不清告知多遍的饭店,兜了许多冤枉圈子,以致的哥转得焦躁起来,找个借口把他卸在一条大路边,绝尘而去。幸有侄儿们开车四处找寻,终于把他接了过来。那情形,距离老年痴呆大约就差半步了。

二哥年逾古稀,小大哥五岁。可坐在一起看去,却反像年长五岁,甚至不止。面容灰暗有如陈旧的麻袋片,两眼浑浊露着昏昏欲睡状;跟谁问答,都是有气无力的"悄悄话";抬手欲弹烟灰,没递到烟缸就因颤抖在途中抖掉了;便是挪动自己的座位,也需人去帮扶。而大哥则不然,脸色红润,声音洪亮,上下楼梯如履平地,精气神及其思维毫不逊色渭河边垂钓的姜太公。

餐前,亲属们喝茶、聊天。我凝视着二哥,冲他那老态龙钟的样子,忍不住开起玩笑来。我说,知道你为什么这么衰?比如说吧,人生 100 元,你年轻的时候就花掉 88 元,剩下 12 元,到老咋能颐养呢?佛经里的"惜福"二字,好像就是冲你说的。二哥笑了,在座的老老少少都会意地笑了。笑声里,我的话得到了认同。

二哥从小过继给二伯。二伯在小县城里算个人物,家境优越、物质充裕,他对二哥那个惯呀宠呀,实属罕见。母亲曾告诉我,小时候,二哥每晚睡觉前都要吃一罐桂圆煨鸡蛋,就是去戏院看戏,二伯怕他走路累着,也都雇人扛着他。得益于锦衣玉食的滋养,二哥长得一表人才,潇洒倜傥,玩乐无羁。高中毕业后他放弃高考,执意响应号召下放农村,当上了生产队长,日常生活主题之一,依旧是吃肉喝酒。相比普通农民水煮白菜的窘迫,他的日子真是天天过年一般。后来回城参加工作,从教师岗位转到乡政府公干,没日没夜泡在酒缸里,罩在烟雾中,日子更是油亮发光,欢愉无忧。他没有存款,信奉"今朝有酒今朝醉",从来不知愁滋味。

想起"各人各福,泥菩萨住瓦屋"的俚语,似乎二哥便是"天生"的福人。在他52岁的那年,有一天,我下班后无端生了去看他的念头,便坐上船直奔他所在的乡政府。不看便罢,一看吓煞我也。他昨晚跟人喝酒大醉,夜间突发中风,一人孤零零蜷在床上动弹不得。遂找车将他拖到城里医院诊疗,医生说幸亏送治及时,否则后果不堪设想。半月后痊愈。有亲属说,没事,二哥是福人,关键时候总会有"贵人"搭救。呵呵,许是福享太多透支了,自此以后,身体每况愈下,日臻衰弱,以致现今都得扶杖而行了。

相比之下,大哥平生"粗茶淡饭饱即休,补破遮寒暖即休,三平二满过即休",劳心劳力,乐在其中。知命之年一场病后,毅然决然戒去烟酒,清清爽爽到如今。他这人生的100元,数米而炊一般,是在按年按月按日慢慢地享用,平水缓流,无峰无谷,素素的颜色淡淡的味。

两个哥哥,两面不同的镜子。这使我从中有了古老而崭新的发现,并由此对墨子倡导的"节用"越发信仰而推崇。所谓惜衣惜食,非为惜财,实则惜福是也。

明人焦澹园说过:"人生衣食财禄,皆有定数,当留有余不尽之意。故节约不贪,则可延寿;奢侈过求,受尽则终;未见暴殄之人得皓首也。"定数不定数,不得而知,但真真确确,奢靡放逸,挥霍无量,把一己本应有的福分过早过多地享尽了,岂能企望老来晚霞明灿、康宁福寿?

"漂亮"父亲

小时候,我常听到父亲和人交谈,称赞某某"这人漂亮",心下便纳罕:老爷儿们都一把年纪了,还议论人家漂亮不漂亮。终于有一天,父亲称赞的这个"漂亮人"我认识,我称呼他姜大伯,他与家父是老哥儿们。姜大伯是食品公司的职工,两眼猩红,腰佝偻着,走路一歪一晃的,形象看上去丝毫不敢恭维,但熟悉他的人都很敬重他,交口称赞他种种的好。这让我一时困惑不解。

渐渐长大了,我才终于明白,原来父亲所说的"漂亮",并不是赞美人的相貌,而是特指人的品格高贵。父亲没学过修辞,"漂亮"一说,恰是修辞学上颇有新意的"借代"。这令我汗颜之余平添了几分敬意。

回过头来看父亲,父亲一生,其实就是他本人常说的那种"漂亮"的人。

父亲读书不多,从14岁参加工作起,到68岁退休,一生供职于服务行业。他对我们子女的教育,没有豪言壮语,没有哲言睿语,本本分分,朴朴素素,说的都是日常事,讲的都是家常理。我记忆最深的有两句话:"公家的东西不能碰,人家的东西不能动。"这两句庸常而刚性的话,成了日后我行走职场和社会的操守与底线。

记得中学时代,我上一中,因距老宅较远,便和父亲一起住在单位的公房。父亲时任国营工农兵浴室主任,俗称一把手。按说我洗澡应是既方便又免费的,可事实并非如此。每次洗澡,父亲必先花钱替我买个牌子,而且有时候顾客多了,还得往后等一等。

有年冬天寒流来了,我放学后未打招呼就径自跳进浴池取暖。父亲知道后,对我厉言责备,同时替我补买了澡牌。初三那年入夏,语文老师托我把他家新买的竹席拿到浴池锅里蒸煮一下。父亲听我说后犹豫半天,因是老师的小物件,便和相关职工通气,又按一个人的澡票付了费,总算给办了。没过多久,我又自作主张把老师新买的竹凉床扛回来,打算也煮一煮。可这回父亲拒绝了,告知不仅沤坏水质会损害顾客健康,而且在单位影响不好,叫我给老师解释并请原谅。我只得收回先前在老师面前放出的大话,沮丧地又把竹凉床扛了回去。

这事儿后来我告诉了大哥,大哥说,老头子一生就这样，自己不占便宜，也不许别人占便宜，干净得很。大哥举例说，抗日战争时期，四叔在柘皋做乡长，那里盛产棉花，有次父亲去看他，返回的时候，四叔四婶送上一大包棉花，父亲怕是公家之物，说不清，坚辞不受，最终空手而归。

我知道，在父亲眼里，于公于私，时时处处都应像泾水渭水那样分明。

身为负责人，父亲坚守"喊破嗓子，不如做出样子"，带头当好服务员。不论什么顾客来、顾客什么时候来，他都一样热忱服务。每见有高龄人、残疾人、带孩子的顾客，必得凑上去帮他们把换下的衣物打叠成卷，以便带走。每遇亲友来沐浴，不是为他们买澡牌，就是沏上一杯茶，或者呼来盲人小贩买包五香花生米递上，甚至有时赶上午饭时间，还从食堂打来饭菜留他们吃。许是父亲为人热心厚道，在小城方圆内人缘关系极好，远远近近、老老少少都亲切地称他"三爷"，以致后来"三爷"替代了姓名，许多人只知叫三爷，不知姓啥名何。

父亲寡言少语，不善言谈，却装着一肚子为人处世的道理。记忆中，父亲宽怀待人，善于处事，从未与他人发生不愉快的事情，即便偶尔遇上不明事理的人找碴儿，也是忍让再三，唾面自干。这一点我很惭愧，我心直口快，疾恶如仇，常常得理不让人，没有遗传或继承父亲的因子。

父亲给我印象最深也最有趣的事,是他处理"睡客"之妙。那时,常有一些顾客,午后花毛把钱来洗个澡,洗后就躺在躺椅上午休睡觉,一睡好几个小时。这在顾客少的时候尚无不可,可是客满时长时间占据座位便成了大问题。对此,父亲理解他们,谁不知道澡后清爽舒适好睡觉呢?倘若疾言厉色将他们轰走,势必给人难堪,引人不悦,坏了大家的心情。通常,每遇这种场景,他总是自言自语似的,漫无所指地亮开嗓门嚷道:"天打雷了!要下雨啦!"那些沉入梦乡的顾客顿然惊醒,一听天要下雨,便慌忙起身,赶紧穿上衣服走人。如此时间长了,"天打雷了,要下雨啦"便成了委婉送客的信号,常客们每一听到,哪怕这天阳光射进窗内照到自己,也心知肚明,自觉得很。父亲的这种做法,多少年后依然是人们津津乐道的话题。

那个年代物质匮乏,许多物资紧俏,凭票供应,有钱也不能随心所欲买到。得益于广博的人脉关系,父亲颇有路子,路子即是五行八作的友人和熟人给予的支持。大凡有困难的亲友和熟人托他购买紧俏东西,他总是想方设法帮忙解决,有时还帮买主借钱垫上。东西买到后,往往还要反过来招待来拿提货单子的人。

当年父亲每月工资多少,我不清楚,也不敢问,只觉家里并不宽裕,有时甚至窘迫。或受"做人要大,持家要小"

传统观念的驱使,对于人情世事,父亲慷慨出手,从不吝惜,而对自己却俭啬薄待,惯于将就。记得那时我每天早上吃早点,父亲定量只给一毛钱,不过,见我酷爱读书学习,却不惜花费每年给我订阅《解放日报》和《参考消息》。在我的同学当中,我是唯一自费订报纸的人,这给我长足了脸面。多读书,自明理,我也算是懂事的青少年,为减轻家里负担,中学期间的每个暑假,批发冰棒坐火车到外地销售,所得全部上缴父亲,平时再由父亲给自己零花,相当于现在的收支两条线。感觉那时候的日子,并不如常人所言的艰苦,相反,却很惬意和快乐。

在谈起父亲的时候,不能不提母亲。母亲性格外向,见人点头熟,勤劳、能干、乐观、健谈,就是脾气暴躁,而这暴躁只对内不对外,换句话说,只冲家人不冲外人。说是冲家人,其实主要冲父亲,她常年与父亲处于时停时续的冷战。母亲爆发起来,往往地动山摇,每回父亲都是一言不发,忍忍忍,忍得脸色苍白,有时实在难以忍受,出走避让,直到风止雨息,归于平静。父亲以他深厚的涵养和高度的忍让,维护了家庭的完整与温暖。

父亲的一生,二满三平,事业上虽无勋绩建树,却是商业系统的老先进工作者,曾光荣地入选县商业参访团赴外地考察学习——这是我所知道的唯一的一次风光。

"人世几回伤往事,山形依旧枕寒流。"恍惚间,父亲已经离去 36 年了。1984 年 3 月父亲病故的时候,我因远在黄土高原参加国防施工会战,未能回来执绋送终。这,成了我心中永远抹不去的痛。

祭念岳父

　　恍惚间,岳父已经离别我们20年了。

　　日有所思,夜有所梦。那是今年元月上旬的一天,我梦见了岳父。他只跟我说了一句话。醒来依稀记得,他说他1月22日要搞个活动,言下之意好像缺少经费。到底是什么活动,梦里我没有问,或是问过却忘记了。不禁咯噔一下,惶恐,便猜想、乱想,想过一阵后,臆想是自己许久没去看望他,他老人家委婉地责备我了。我于是决定,这个甲午年的清明日一定去拜祭他老人家。

　　清明这天赶早,我携全家驱车前往无为县开城镇的墓址祭奠。这个清明,路上出行扫墓的车辆太多,拥堵,直到午时方才抵达。电话里提前得知,祭祀已毕的岳母、内弟、姨妹和晚辈们正在路边等候我们。我已10年没来祭祀了,糊涂辨不清具体方位,心里禁不住涌起阵阵愧疚。在亲属们的引领下,我率老伴、儿子、儿媳和孙子踏着小径,走入一座山岗半坡上的陵园,缓步来到岳父的坟墓前。环顾四周,这里仿佛是另一个冥冥世界的小区,而岳父便是这个小区里一个独立而不孤立的门户。只是,终究是孤魂野居,想必一个人自是寂寞的、薄凉的,他需要人间的温煦,需要亲人的探望。面对墓碑,我虔诚地点燃冥币和爆竹,心下作着无声的低诉。

关于岳父,很多年前我就想写一篇文字。可除了由衷的敬仰,有关他的信息资料我知之甚少,原因在于,和岳父前后接触十二三年,而这期间我几乎都在部队,每年的探亲假只有个把月,即便后来转业,也是两地远距,能在一起聊的机会自然很少,况乎岳父极少谈自己。今天我所知道的信息资料,多半源自亲属,是多年听来的零零碎碎的积累,当然更主要的是我的主观感受。

岳父生于1928年,属龙。他14岁参加新四军,因年纪小,身量又小,入伍就当了司号员,跟随首长和战友们冲锋陷阵。抗日战争胜利后,编入华东野战军,参加过孟良崮战役。他曾说,那时真的是南征北战,常常没日没夜行军,人又疲又渴又饿,疲了就边走边睡,渴了就边走边飞快地捧一掌脚窝里的泥水喝,但饿了只能忍,只能紧一紧腰带。这令我惊讶不已,不由得想中国革命的胜利真是来之不易。

新中国成立后,岳父南下到了福建前线,先是在厦门参加金门炮击,后又转到南坪一个武装部任副政委。1976年转业回到无为县,出任县革委会副主任,长期分管农业,直到6年后转任政协副主席。大约1990年离休。

这便是我所了解的岳父的大致履历,一路走来,断然还有许许多多的故事,但我不甚了解,很惋惜。

第一次和岳父零距离接触,是在1981年初。他坐着吉普车,从无为县专程到地区所在地的巢县,同我这个刚被介绍的军人准女婿见面,一番交谈考察,获得岳父认可。我的家庭条件不是太好,岳父却并不在意。后来内子告诉我,她爸说我"聪明、精明",看重了这一点,就喜欢上了。一年后在岳父家里成婚,没要我和我家人烦神,全由岳父母操办,仪式简单,只备了一桌酒席,请了几位亲属。当时我口里没有表达,但内心十分感动、感激。

在岳父眼里,他膝下两男两女都是平等的,都一样宝贝着。他把他的父爱,毫无保留地分给了每个人。转业地方,临行前,他在福建专门打制了四套家具,以备四个子女将来成家之用,材料都是当地上等的楠木和香樟。床头柜和樟木箱我们两口子带到了巢湖,楠木架子床因太大太重留在岳父母家,岳父说,什么时候想要就什么时候拉过去。如今每忆及此,我心里头依然弥漫着缕缕樟香和香樟般的至爱芬芳。

在大家的印象里,岳父性格开朗,豁达乐观,平易近人,好客健谈。对于一个从旧社会走过来的人,一个从泥土里爬出来的人,一个从枪林弹雨里成长起来的人,他受环境和历练塑造,懂得应当成为什么样的人,懂得应当如何立身与面世。

我那时看岳父,俨然像个老工人,朴素、随和,可敬而可近。人家说他无论到哪里,也无论对谁,从不以老革命老干部身份端架子,这一点我从跟他出门同行,见路上那么多人跟他打招呼便得到了印证。纵是平日在家里,他对子女也不以长者居高临下,呼应的语气就跟同事一般,甚至有时还"没大没小"跟子女开着玩笑,颇似汪曾祺先生"多年父子成兄弟"的风范。

按农历,正月初一是他的生日,他很为这个生日庆幸,曾好几次自豪地笑着对我们说,不管什么年代,就是平常再穷再困难,到了大年初一,好歹家里都会有些肉吃的,这个生日好哇,不苦啊。现在生活好了,天天有肉吃,等于天天过生日。言下之意,要我们这些生长在新社会的年轻人,好好珍惜今天的幸福日子。

离休后,岳父日常起居,依然都是自己料理,不要子女伺候,甚至反过来,时常还提着水壶给儿女们茶杯里续水。只要他老人家在屋里,家里总是充满了谈笑声。有次在庭院里闲坐,岳父张开手比画着写一个字,说草字头下面三个心,问我和在座的连襟读什么,我说是 ruǐ(蕊)。他朗声笑道:"对了,是蕊,花蕊,读作花蕊(花心)就是笑话了。"

我听说岳父小的时候没到学堂里念过书,他能识文断字全赖于部队这座大熔炉的操练和熏陶。1982年他的大外孙出世后,我自以为是起了个名字,不为众人认可,岳父提议叫"志纯",我以谐音"治虫"为由,未予接受。老爷子默然无语,那神情好像说,你的孩子你自己做主吧。如今想来,这个名字真的很好,"志纯"隐含着志向志气纯洁高尚之意,想必为这两个字岳父一定琢磨了许久。

岳父好像颇懂心理学,深谙"遇到先生就谈书,碰见屠夫就谈猪",所以跟谁都能兴致盎然地聊到一块儿。对此,我的两个哥哥一提起,无不满怀敬意。

两个哥哥曾陪父亲去拜见岳父。岳父非常高兴,热情空前。得知两个哥哥在基层分别从事农业管理和教育工作,就坐下来以农业和教育为话题,滔滔不绝地交谈起来,发表着自己的看法。哥俩头回和陌生的"老革命"面对面,开始不知说什么好,见我岳父开朗幽默,谈的都是他们熟悉的事情,便有了共同语言,也就渐渐放松下来,敞开胸怀,聊得热火投机。后来哥哥告诉我,岳父对基层十分了解,脑子清晰,很有思想,不愧为革命老干部。

大凡常人都会有这个那个的爱好或嗜好,岳父亦不例外。他好一口杯中物。早年我们部队驻在四川,每回探家,我都会买些当地名酒孝敬他。他舍不得喝,多半储存在柜子里。岳母曾笑着对我说:"你带来的好酒,老头子都宝贝似的收在五斗橱里,酒瘾犯了,又舍不得,就拿出来看看,闻闻,说香啊香啊!"我曾去岳父住的屋里看过,那几瓶泸州特曲确实放在橱柜里,透过玻璃门可以看清酒液已经微微发黄。他离休后日常喝的酒,基本都是用塑料壶从县酒厂打来的散装酒,便宜,可以满足海量的需求。

对于喝酒,家人并不反对,但有两点却不能不引起家人的担忧:一是喝酒不吃菜,当茶水一样喝;一是喝酒不拘时段,醒来就喝,喝过兴奋说会儿话,然后疲倦又躺下,如此循环往复不舍昼夜,没了白天黑夜之分。家人屡屡规劝,终是无效,末了便听之任之。酒,成了岳父的一种支柱,一种寄托。

那时我们只囿于表象,没能洞见表象的背后,没有谁能体察他的内心,或许在他内心深处,翻涌着不为人知的某种煎熬与痛楚。他不想输出负面情绪,不想袒露内心世界,便连同浊酒,一杯一杯独自吞咽,独自消解。显而易见,对于起码的健康常识,他不会不懂,然何以自戕似的自我糟蹋?这在今天回眸,不能不令我做着多虑的假设和推想。

晚年的岳父,身体不佳,为两种慢性病长久折磨着。一个是魄门疾患,拖了好多年,不得已上医院施治,有了一定好转。一个是结肠粘连,为腹胀和腹痛所苦,常常捂着肚子,皱着眉头。我曾提议到地区医院做手术,但被岳父拒绝了,他说算了,就这么着,没大碍,做手术又麻烦又有风险。如今思量,倘若当时我做出不容推辞的决断,并联合弟妹们"强制执行",想他老人家也会妥协就范的。那样,入了院再做全面康复检查,非但已经显现的病症会得到医治,必定也会提早发现后来导致他不治身亡的心脏疾患。

前不久,我和大内弟闲聊时无意间谈及此事,内弟忽地低头垂眼,表情一下凝重起来,叹息一声,愧悔地喃喃自责说,那时就晓得自己玩,从没过问和关心过老人,唉,不懂事啊。是的,我们年轻时确实都不懂事,不知道什么叫"孝",等到醒悟明理了,却"子欲养而亲不待"了。

岳父的幼年充满着苦难。两岁丧父,无以为生,跟随寡母从巢县柘皋迁至无为县继父家,过着寄人篱下的生活。其间吃过多少苦,遭过多少罪,受过多少辱,流过多少泪,他从没在子女面前提及。小小年纪就投军,最初的目的便是有饭吃,为自己的未来找一条出路。不难想象,设若当初没了这条路的选择,他的人生后来该会是怎样暗淡与悲凉。

或许想到战争中那些牺牲的战友,岳父老来对生命视若云烟般轻淡。他知足、知止、开明、开心,却不屑一己摄生保健，珍惜珍爱，以致桑榆晚景，体况日臻衰弱，不测之象掩藏其中。

我曾听说，人在大限将至时往往会有预兆。起初我是半信半疑的，但从岳父身上却真真切切得到了验证。

1994年春节期间的一天晚上，岳父将我唤到他一人居住的小屋，低声对我说："刚才已经跟大媳妇说过了，现在跟你说一下，我本姓秦，不姓周，以后葛锐（他大外孙）结亲，不要找姓秦的。"气氛苍凉中透着些神秘，听得我惊愕半天，第一次知悉岳父真实的姓，遂"嗯"了几声，表示记住了，便想继续听下去，然而岳父却沉默了，没再多说话。现在想来，那个时候我的脑子简直就是猪脑子，呆透万分，一点儿都没听出也没意识到，这竟是他老人家给我最后的遗言，最后的交代。三个多月后的6月1日，岳父在无任何人知晓的迷茫中孤独地撒手归去，辞别人世，永远离开了我们。这个定格的忌日，成了儿女们心中永远的伤痛和怀想。

岳父离世之际，我不在现场。事后家人零零碎碎的无意描述，却以不容置疑的逻辑链条论证着一个事实。那天上午，家人像往常一样闲适，做完家务，在大门口聊着天。九点多吧，县政协办事员来送工资。家人没多想，就像从前一样，让工作人员将工资直接交给老头子。

那时，家里人口多，儿女们都大了，原来分配的三间平房不够住,岳父便在后院里搭盖了一间小平顶,平日就一人住在里面,一来是想图个清静,二来是怕自己老了邋遢招人嫌。未承想,政协办事员到后屋一看,老人家已经蜷在床上早没了声息。后经检验确认,岳父乃为心脏病突发而猝死,至于是几时几分亡故的,只有天知道了。多么难堪啊,老人在家里病逝,自家人竟不知道,而是被外人发现的。子女们和我这个"半个儿",真是无地自容、追悔莫及,多少年来每当忆起,一种无形的鞭子便在灵魂深处猛抽猛挞,抽挞得血也淋漓,泪也淋漓。

有些事儿不想说,但又不得不说。非为探究故因,只想做个实录。听说,岳父逝世前一天,他几十年未见的同母异父的两个妹妹,从马鞍山和铜陵同来会亲团聚。喜从天降,老爷子十二万分高兴,亲自上街买酒买菜,忙里忙外。不知何故,午餐桌上冷清,只岳父兄妹三人坐着。在热情与冷漠之间,许是两个姑姑感到尴尬和不悦,一宿没住,吃罢饭就起身走了。

古语道,"天有春夏秋冬,人有喜怒哀乐"。对于心脏病患者来说,过度的喜、怒、哀、乐都会成为发病的诱因。显然,岳父经受着惊喜、欢乐、失望、不悦的情感颠簸,不日后的突然离去,不能说与此毫无干系。现在回想,假如那天全家人围坐一桌,欢天喜地燃起浓烈的亲情之火,或许不至于日后悲剧发生,至少不会那么快地发生。唉,斯人已去,哀怨无用。

"几多情,无处说,落花飞絮清明节。"(魏承班《渔歌子·柳如眉》)。眼前岳父的坟茔,已然青草萋萋。它是一座山,一座浓缩的山,于日光月辉下、雨露霜雪里,就那么静静地卧着,卧着一个永恒不醒的梦。山风从身旁习习掠过,也从我心底丝丝拂过,隐隐地,仿佛有梵呗之音升起,我听到了风儿无语的幽咽……

父子连心

老话常说,"母子连心",用来形容母亲和孩子之间的心灵感应。这个说法已为社会所公认,并得到遗传学研究的验证。

但是我今天补充一句,说"父子连心",恐怕多数人会错愕,投来狐疑的眼神。既然我这么说,断然有事实存在,并有理论依据。

1994年夏天,儿子参加小升初考试。这次考试非同平常,成绩如何直接关系到能否进入重点中学。我颇为担心和焦虑。不想儿子考试回来神情轻松,声称考题并不难,都做出来了。我听后虽然有点欣慰,但心仍是悬着的,老是想着这事。没奈何,结果只能等待。

考试结束的第二天中午,我在外应酬,回家后,靠在客厅的躺椅上呼呼大睡。好像过了很长时间,我一梦惊醒了,恍恍惚惚,呼叫儿子过来,问道:"你怎么考了164分啊?"儿子没吱声,他母亲闻声从卧房出来,冲我斥责道:"胡说!才考试两天,成绩还没出来,你怎么知道是164分呀?我看你是醉昏了头,讲梦话吧!"我被一盆冷水兜头泼醒了,知道自己刚才是梦中幻觉,便不好意思地笑了笑,不再言语。

半个多月后,考试分数终于公布出来了。当儿子把成绩单拿回家时,我和他母亲一看立马傻了眼。没想到我梦后一语成谶,考试分数竟然真的是164分,不多不少,奇巧极了。

这事儿如何解释?难道不是父子连心的佐证?我想应该是的。

当一个人心念对方的时候,对方也可以感觉到,并通过仿佛没来由的情绪情感的变化反映出来。这主要表现在感情很深的人之间,尤其是具有血缘关系的人之间。从这个角度看,父子连心,则毫不奇怪了。

父子乃血亲关系,基因传递,他们的磁场应是隐隐相通的。记得儿子出生三个月的时候,我从部队回来探亲,进了门,正躺着吸乳的儿子立马转动眼珠,朝我注视着,满是新奇和亲切,脸上似乎露出微微的笑意。非但儿子这样,便是后来孙子也是这般。2010年10月16日12时45分,孙子出世。次日一早,我去医院看他。6点多一点,医院病房走廊里一派静谧,大家都还在睡梦中,我屏息蹑足,悄悄进入孙子的房间。门是虚掩着的,毫无响动,一眼瞥见睡在婴儿小床里的孙子,当我满怀喜悦地俯身端详他的时候,他睁开眼睛朝我凝视着,眨了眨眼,又凝视着,足足看了一分多钟,然后才疲倦似的合眼睡去。那一刻,我心里荡漾着无比的幸福,心想,我的宝贝,想是你感应到祖宗来了,出生18个小时还不到,就睁开眼迎接爷爷啦。我感受到了血缘关系的力量和神奇。

回头接着说父子连心这个话题。为充分论证,我再讲一件与此相关的事。

2002年,儿子退伍回来等待安置。在待分配期间,他暂时在一个单位顶岗上班,但因宵小之徒使绊,没有报酬。干了一段时间后,儿子在家里抱怨。我对儿子说:"不就是没工资吗?这好办,等你过生日时,我给你买张彩票中个奖就来了。"这话我是一时兴起说着玩的,意在安慰他。可随后一想,既然许诺了,就一定要兑现,莫管中不中奖。

儿子的生日是10月30日。这天早晨起来,我抓了一把跳棋玻璃球,贴上数字序号,搅拌后随机抓3注21选5的号码,写在纸条上装进衣袋。下午4点左右,我忙完公事,冒着小雨走到团结路一家体彩站,花6元钱打了3注号码,之后把彩票装在身上,却没有放在心上。直到11月3日星期天,我睡到上午10点多才醒,醒后,靠在床上翻阅《新安晚报》,看见彩票开奖信息栏中 21 选 5 的中奖号码有些眼熟,便从衣兜里找出彩票来比对,哈哈,没想到天上掉馅饼,中了,居然中了一等大奖,单注奖金 15479 元!由于心里不踏实,我马上起身去往那家彩票站验证,果见大红喜报早贴在彩票箱壁上,十分醒目。

星期一领了奖,税后共得 12383 元。我对儿子说:"古话说得好,人有善念,天必佑之。喏,12000 元是你今年 12 个月的工资,余下的 383 元,晚上我们一家三人正好撮一顿,乐一乐。"儿子没说话,脸上隐隐的笑意中,流露出一丝欲言又止的惊奇和不解。

发生在我和儿子之间的这两个故事,表面上看,似乎是芝麻掉进针鼻子——碰巧而已。其实不然,不是"巧合"二字这么简单,背后的原因很难说清楚。所以,我在认定父子连心,却又无法完全阐明机理的同时,依然视它为一个"谜"。或许,一如宋人邵雍所言,"天人相去不相远,只在人心人不知"。

致孙儿

谦谦：

我的宝贝！

今年九九重阳节，是你一周岁生日。按照旧式"试儿"习俗，应举行"抓周"仪式，热热闹闹庆祝一日。我和你奶奶早也想热闹热闹，然而到你生日前，我们却一直沉默着，没有任何动静，以至最终没办任何庆祝活动。并非爷爷奶奶悭吝，只是想到要为众多亲友避免礼金负担，想到爷爷奶奶精力不济很有可能忙不过来，想到你白天每隔三四个小时就要睡觉，不能有外界干扰。虽则如此，爷爷奶奶心里还是矛盾着、纠结着、内疚着，兀自不安。

所以，为表达爷爷奶奶对你的厚爱，我们决定换个方式表达，在你生日这天，用家里的佳能相机，为你多多拍照，以纪念这个重大的周年生日。为此，爷爷为你在网易注册了名为"含章可贞"的博客，并日夜钻研电脑操作技术，注册登录改图网，学会使用"美图秀秀""PS"等图片处理软件，为你精心制作了五十多幅艺术相片，这让你看上去更漂亮更可爱了。奶奶见了屏幕上的你，抑制不住激动，伸手就去触摸你的小脸蛋，一边摸，一边说："真想拧一把，爱死我了，带他再累再苦心里也甜。"哦，这些艺术相片将汇编制成周岁纪念相册，它是爷爷奶奶送给你的生日礼物，等你长大了回头翻看，相信你一定会欣喜，也一定能理解我们的良苦用心。

宝贝，你降临到我们家，真是上天赏赐给我们的大礼，是我们前世修来的回报，我们为你的到来，兴奋，激动，欢呼！

爷爷年轻的时候，从军在外，远离家乡，你爸爸出生直到上小学前，都是你奶奶和曾祖母、外曾祖父、外曾祖母、姨奶奶、舅爷舅奶带在身边抚育或照顾的，爷爷没伸一把手，你爸爸缺少应得的父爱滋润，爷爷一直汗颜，没少自责。宝贝，你是幸运的，当然也是幸福的。时代进步了，物质丰富了，衣食之虞早已消泯，成长的摇篮五彩缤纷，应有尽有，常人有的，你都会拥有。好了，奶奶今年8月退休了，爷爷也因行政区划调整申请提前离岗了，我们可以全日制地当你的幸福保姆。宝贝，你的快乐，你的成长，就是爷爷奶奶最大的快乐。爷爷要把曾经对你爸爸的亏欠，加倍补偿给你,疼爱、呵护、温暖,让你在爷爷奶奶的心房里玩耍,在爷爷奶奶的肝尖上舞蹈。在"爱我你就拍拍我"的歌声中,我们一起酣然入睡,一起做梦。

宝贝,爷爷为你取名葛含章,源自《周易》坤卦,爻辞六三曰:"含章可贞。"译成白话是,蕴含文采美德。乳名取谦谦,源自《周易》谦卦,爻辞初六曰:"谦谦君子,用涉大川,吉。"意思是,谦而又谦的君子,利于涉渡大川险阻,吉利;表明谦虚没有止境,人,只有谦虚才能进步。

有人以为,名字只是一个符号而已。爷爷不以为然。爷爷认为,取名,须得避俗,要响亮、易记、易呼,当然还要有寓意。宝贝,你的大名和乳名,其实是爷爷赋予你的圭臬,也是对你的期望。等你长大了,认认真真把《周易》读一读,就会明白你名字的含义,就会懂得许许多多的道理。

爷爷对你没有具体要求,只有殷切的希望。

童真无价。由幼年而童年而少年,快乐会一直伴随你,谁也不许遏制你的天性,谁也不许强迫你的行动,你的使命是成长、读书、玩乐。愿你在双亲和长辈的目光里,在老师的指点下,迎着灿烂的朝霞,开始你人生的茁壮之旅。

"鸿鹄"固然可取,"燕雀"亦需人居。爷爷奶奶只是你的参谋助手,未来的蓝图由你自己规划设计。当你需要爷爷奶奶时,爷爷奶奶会第一时间出现在你身旁;当你偏离航向时,爷爷奶奶又会第一时间提醒你。爷爷奶奶衷心希望你，成人、成才，在为社会奉献的同时，最终抵达自己的理想彼岸，实现人生的最大价值。

谦谦，我的宝贝，爷爷爱你，奶奶爱你，爷爷奶奶永远爱你！

怀中的春天

　　翻看日历，今天立春。

　　时间真快呀，大年三十的鞭炮声犹在耳畔轰响，立春便喜洋洋地打马而来。

　　推开春天的门，我骤然有了一种暖洋洋的感觉。

　　立春，吾乡坊间称"打春"。一个"打"字，鞭打春牛，动感四起，缭绕着烟火气息，弥散着泥土味道，令人从中隐隐领略到丝丝绿意，不觉亢奋地伸长脖子，打量周遭一日一日的变化，于纤微中，感佩有无相生，三生万物。大千世界满眼生机。

　　先祖膜拜立春，何止在神龛里焚香，分明是在灵台上敬奉。周朝以来，几逢期日，天子皇帝非但亲率左右大臣前往东郊迓迎春天的贲临，且还扶耒亲耕籍田以为农先。更为可叹者，王令帝谕，自此春日，不许砍伐树木，不许捣毁鸟巢,不许捕杀孕兽和幼鹿,云云。以农事论,以环保论,心下陡生敬意。

　　自然是神妙的,却充满着团团的谜。那些落叶乔木与常绿乔木,便是一个谜,草在其邻,草亦是。四时的风与光,雨与露,它们有季节的归宁,椿萱在堂,土地是老家。沿途,落叶纷纷让路,卸却披盖,扔却彷徨,只擎起一幅幅疏密有致的写意。而那些常绿,何以不继,竟如禁卫军一般,冷峻而倨傲。也许神灵词典里不设绝望,只载希望与失望,在中和之间行走,种一份褒扬,留一份省察。于是推想,常绿的树木草叶,原本大约不是想于这大寒天里卓立炫耀,奈何它们是春神的门房与信使,是春天的更夫和向导,一俟远远近近的合欢、乌桕、枫杨之类落叶乔木竞相争荣,它们便悄然隐没其间而不辨异同。我辈肉眼凡胎,其中的诡秘,真正的,唯有天晓得了。

　　打春不只是四时节气的符号,当亦是万物复苏的象征。谁会验证,"立春一日,水暖三分"。莫管"东风解冻,蛰虫始振,鱼陟负冰",在吾乡,在长江中下游流域,"白雪却嫌春色晚,故穿庭树作飞花"那样的倒春寒,可不鲜见。其实,气象学上的回暖并无多少意义,"春"字本身是有温度的,当我们想到了打春,想到了河岸柳绿草青、花红蝶舞,遥遥地就有股春风扑面而来,融融的、暖暖的,款款沁入心脾。因而可以说,心里有春,驱寒;眼里有春,明目。

放眼望去,春播、夏长、秋收、冬藏,前面的路途很远很远,希望很多很多,福祉很长很长。有诗曰"春到人间草木知",其实,春回大地人先知呢。

人就是这般携着憧憬与期待,走向美好,走向岁月的深处。

孙儿谦谦回他爸爸妈妈身边一周了,他一走,仿佛带走了阳光,老屋里顿时弥漫着阴气,寂寥,清冷,连灶火吐出的绿光也似乎绵软无力。爷爷奶奶的心,空落,游荡,少了鸟语花香。

晚上,我们决意去看孙儿。孙儿一岁四个月了,牙牙学语,童趣迭出。

当我们一脚跨入门槛,呼一声"谦谦",暖黄的灯辉下,正疯玩着的谦谦抬眼瞥见,立马露出草原鼬鼠般的小白牙,张开双臂朝我们奔来,相拥。

孙儿,永远是我们怀中的春天。

家

暑期回故乡,在小区里遇见同学华。我们同住一幢楼,却已几年未曾照面,原因是他退休后常住异地苏南,而我常住本地省城,这次殊途同归,纯属不约之巧。寒暄中,华关切地问:"你现在家安在哪儿?"我笑道:"孙子在哪儿,家就在哪儿。这里不过是所待处理的空房子。——你不也是吗?"华明白,乐了,拍了拍我的肩膀,连连点头。

家,是我们每个人做梦的寓所。

不知仓颉当初造"家"字时,如何想象和设计的。从甲骨文字形看,上面的"宀"象征屋顶,下面的"豕"则是猪,而且是野猪,据说野猪是非常难得的祭品,所以祭祀呈上野猪尤显隆重。推想或有另一层意思,即在自给自足的自然经济状态下,人畜共居于同一个屋檐下,方为饔飧相继的殷实人家。这当中,不只是家的标志,或许也寄寓一分人类的理想。

家，文字象形，含义却是人赋予的。《说文》："家，居也。"《尔雅》："牖户之间谓之扆，其内谓之家。"《诗·周南》："宜其家室。"（家谓一门之内）这都是从居所外形视角而言的，但居所里须得有人方才可以称之为家。明人程允升在《幼学琼林》里说："男以女为室，女以男为家，故人生偶以夫妇。"由是男女相授受，家诞生了，而后"阴阳和而后雨泽降，夫妇和而后家道成"，而后"父父子子兄兄弟弟夫夫妇妇，而家道正"（《周易·家人卦》象辞），家道正则"天下定矣"。

从前读修齐治平，以为"齐家"就是父母怀拥子女的小家，后来才知，这个家其实是指家族，意思是你能出色地当好这个族长，才有可能承负治理国家乃至平天下的担当。

说起齐家，典范要数唐朝张公艺，治家有术，九世同堂，九百多人同在一口锅里搅勺子，多么不易啊，引得皇上都来登门拜访。如此九亲十八代，世世沿袭，以血缘关系聚居的庞大的群落系统，客观上形成了事实上的宗法社会。家也成了世家旺族。

由"家"派生的家籍及其籍贯，在现代生活中的日常影响不可忽视，它是贴在每个人身上的标签。大凡加入社会某个组织，表册里通常都有一个籍贯栏目必须填写。时至当今网络时代,为什么依然要保留这个并无多大意义的"籍贯"？这恐怕是传统文化的自然延伸或惯性使然。籍贯就是祖居地,通俗地说就是老家。依当今的规定,公民的籍贯应为本人出生时祖父的居住地（户口所在地）,祖父去世的,填写祖父去世时的户口所在地。我的一位同城出生的同学,对外总称自己是苏北泗洪人,原来其父随大军南下落户本市,祖籍却是异地的。这样来看,关乎家籍这一点,古今同然,犹如"家"字本身,繁简未变。

其实也非未变,1977年第二次汉字简化方案中,"家"字宝盖头下的"豕"改为"人",屋宇之下人居其间,道道地地是为家。这个会意倒体现了实际的人本思想,虽然很快终止试行,但其立意却是可取的。是啊,没有人何以成为家呢？

早年读过一则新闻,报道非洲中部战乱,流民四处逃难,生死不保。有位同样逃难的中年男人,家人离散,存亡未卜,他在一个又一个难民堆里寻觅,披危历险,跋涉数月,终于找到一个走失的小女,不禁喜得泪流满面,举着女儿激动地说:"我又找到家了,我又找到家了!"这个故事让我刻骨铭心,每一想起,就自然想到家,想到亲人,心底升腾起浓浓的亲情感。

家是如此凝结着磁力,饱含着真情,血浓于水,唇齿相依。当我们拨开"远上寒山石径斜,白云生处有人家""田家已耕作,井屋起晨烟"这样的画面,眼前浮现的不只是诗性的意境,更多叠印出的是家乡、家园、家宅和家人,仿若游子归来,巴不得一个箭步扑上去,流连其间而蹈舞。

十分欣赏这句话,"家是温暖的岸,人是漂泊的船"。无论走多远,无论离多久,家始终筑在我们的心房,旦夕明亮,暖意如春。

我就是一个视家如同生命的人。

记得1980年初,春节即将到来,眼见不少老兵都在忙着探家准备。看得我心儿发馋,痒痒地躁动起来,心里默算着,我离家已经三个春秋了。三个春秋在老迈的今天恍如三个月的感觉,可彼时却像阔别三个世纪那么久,家的样子最初模糊一阵后,越来越清晰,越来越亲切,越来越惦念。想家啊,想父母,想亲人,想朋友和伙伴,以致时常梦回故里,泪湿枕巾。奈何士兵服役期内没有假期,徒自空想。而现在服役满3年了,我也穿上四个兜了,有由头了,于是就打报告申请探家。

报告获准的那一刻,心儿立马飞扬起来,自己乐得不停地转圈圈,喜不自禁。腊月二十四启程,先赴重庆跑遍各大商场,购得奶糖、蛋卷、胡豆等食品,肩背手提大包小包,从朝天门码头乘坐轮船顺江而下。那种喜悦与兴奋一如江水奔流,五天四夜的旅程,半醉半醒,人未至而梦先抵达。

途中,午夜停靠三峡境内万县码头的时候,我上岸转了转,见有卖橘子的,便买了十多斤,3块多钱。卖橘子的是个十二三岁的农家小姑娘,我递给她当时最大的票子10块的,她说没钱找零,就拿着票子说,去向人换零,并示意盛橘子的背篓放在我面前做抵押,遂消失在熙攘杂乱的人群里。我等了至少一刻钟,终不见她回转身影,意识到小姑娘溜了,不会回来了。人是奇异的,心情欢畅的时候,往往格外大度和慷慨,当时我并没生气,甚至还笑笑,心说算了算了,快过年了,权当是给这个小妹妹压岁钱吧。于是丢下那个破背篓,快步返回船舱。

再后来,为缩短与家的距离,解除后顾之忧,拐了九曲十八弯,我又从异地调回家乡。

家,于我是一种温情,更是一种责任与担当,一种付出与收获。

而今,行政区划调整后,举家迁往省城,一家人朝夕相伴,冷热相知,平安健康,清欢有味。幸福如此,夫复何求焉?

窗外的阳光

外甥女边代课边复习,历经四次教师招考,2009年7月终于被录取。喜讯传来,我欣慰地笑了。

两年前,外甥女从安庆师院毕业,回到家乡参加教师招考,不想头次报考"出师未捷",一时愁云笼罩在全家人的心头。

考前,姐姐曾专程找我,托我找人帮忙。我心里并不赞成,告知如今只有真才实学才能打开希望之门,却又怕当面拒绝伤了姐姐尊严,不得已只好答应试试。可是,问遍了新朋老友,回答都如我所言。对此,我本来就是认同的,且为如今的公平竞争抚掌叫好。

想起不久前,我读许春樵的中篇小说《找人》,体会即是如此。小说中的老景担心高考成绩不错的儿子录取不了,怀揣要找的18个人名单,带上一大包咸鱼咸鸭蛋和借来的钱,颠簸到省城挨个找人。结果一圈下来白费了力不说,还饱受了种种苦头和屈辱。就在他悲伤地安慰自己事情没有办成但总算为儿子尽了心的时候,儿子小毛被清华大学录取的通知书就寄到了他家里。小毛的班主任对老景说,今年录取都是从高分到低分统一由电脑投档,电脑只认分数,不认人。老景却争辩说,电脑,电脑也得听人脑指挥。这个故事是颇有讽刺意味和借鉴意义的。当我把这个故事和现行阳光政策讲述给亲属们听时,他们似信非信,末了却以缄默或冷笑来表示怀疑与否定。我想他们就跟老景差不多,不知今非昔比,找人托关系时代已过去,可是他们的脑筋还沉溺在过往的岁月里,深陷不可自拔。

一天,正当我思考如何说服姐姐和外甥女时,忽然间,随着办公室的门被推开,一声"大舅"传入耳内。抬眼一看,岚岚姑娘笑盈盈地出现在我面前,看上去眸子发亮,一脸喜悦,浑身洋溢着灼人的青春气息。

岚岚其实并非我的外甥女。因为工作关系,我与她父母熟识,生性活泼开朗的岚岚便在一旁似亲若谑地呼我"大舅",我也乐得捡来这样的昵称。讨人喜欢的岚岚是个有志青年,高中毕业后一直边打工边自学,两年前就已拿到法学本科毕业证书。理想的明灯正照射着她未来的前程。

我招呼岚岚坐定,问她有什么事。她甜甜地微笑着,并不急于开口,仿佛要让我这个"大舅"猜她的秘密。过了好一会儿,岚岚才平静而自豪地说,她考上某县机关公务员了!我听罢欣喜不已,连忙道贺。一转瞬,我忽然想起了什么,随即饶有兴味地问起有关考试的前前后后和当中的点点滴滴。

岚岚告诉我,她专业文化考试成绩第一,面试分数排名第三,合起来总分第一,最后顺利被录取,终于圆了自己的梦想。岚岚的成功来之不易,可敬可佩。但在我主观看来,专业文化考试标准无懈可击,却不知面试如何把握。于是,我故意试探着问岚岚:"你找人了吧?"岚岚一听连连摆手又摇头,因为激动,说话语速也快了,声音也高了,好像我的问话亵渎了庄严的考试和她圣洁的成绩。岚岚以不容置疑的语气说:"考试都是封闭的,全靠自己的硬功夫。就说面试吧,进场都要编上号,再由6个考核组临时随机抽取,考核的人不知道考核谁,面试的人也不知道谁考核,而且手机什么的一律被收走,门外还有武警站岗,那场合严得就是孙悟空变成蚊子,也别想从缝里钻进来,太不容易了!"

岚岚说到这里又开心地笑了,笑容里散发出阳光般的明媚。我为岚岚的一席话所折服,心里也更加亮堂起来。扭头望望窗外的阳光,高悬的太阳此刻正暖暖地照耀着大地,照耀着人间。我想明天,不,今天就把岚岚的故事告诉外甥女,告诉姐姐——"逢进必考",公平竞争,宣告了一个新时代的来临。

别样的招待

朋友老范从南方出差回来,应我所托给我捎买了几件物品。抵达前的路上,我就早早电话告知,晚上在"城河楼大酒店"为他接风洗尘,同时邀一帮朋友陪饮。不料,老范口称浪费不值得,执意推辞不肯。好说歹说,拗不过我的盛情,最后答应就在我家里简单小酌几杯叙叙。

老范原是国有企业职工,下岗后应聘于一家民营公司,从事产品销售工作,常年大江南北地奔波,以致一年多没见到他了,平时只在电话中联系。想到今晚的约定,我便依命到卤菜摊上斩了一副鸭肫爪和两只猪蹄,另备了几样家常小菜,等候他的到来。

我边等边思忖,确认老范的话是真诚的,并非作假。只是我心下犯嘀咕:老范从前在场面上行走,慷慨大方,抓钱不数,把面子看得比较金贵,而今怎么一下变得像个数米称薪持家过日子的老婆婆呢?

晚上老范来到我家后,几杯酒下肚,我便忍不住把疑团抖了出来。老范没有正面回答,先动情地讲述了他亲历的故事:

"那是我到新公司后,第一次随车送货去温州,买方是一家私营企业。路上紧赶慢赶,到达目的地时已过午时。我猜想,对方接到通知后,一定早早在大酒店安排了酒席,久等后发急,心里觉得过意不去。当我们把货物最后送到那家企业时,老板应声出来接待,查验了货物并招呼人卸载后,领着我和同事到厂门口对街的一个小面馆,给每人下了一大海碗肉丝面。老板说:'你们长途劳累,也饿了,吃完饭先休息,晚上我再备酒宴答谢。'我们虽然有些不快,但想到时间不早了,晚上还有大餐补回来,也就没多计较。

"到了傍晚,老板果然来我们住的旅店邀请去赴宴。我们乐颠颠地跟着他走,不想七拐八弯走到一幢居民楼,竟然到了他的家里。只见一桌丰盛的菜肴摆在厅堂桌上,一家人忙前忙后热情得很。我们嘴上不好说什么,心里却骂老板太'抠'——你到我原来的大厂谈业务的时候,分管副厂长陪同,销售处人员鞍前马后为你服务,安排下榻最好的酒店,吃当地顶级的大餐,晚上又进歌厅唱歌跳舞,回程的时候还奉送土特产,而你咋这么吝啬呢?

"大概看出了我们不高兴的神色,落座后,老板说:'怠慢了,怠慢了,不成敬意,请多包涵!我们都是生意人,自己的钱不能轻易让别人赚去,是吧?你们看这么多菜,我太太只花了不到两百元,要是在大酒店,四五百还打不下。吃饭吃实惠,排场填不了肚子。不是我小气,其实大家挣钱都不容易,每一分钱都是汗珠子炼出来的!'凭良心,老板的话在情在理,听得我们脸上发热,不住地点头。"

老范讲到这里,意味深长地叹息了一声。接着他又感慨地补充道:"事后细细一想,我终于明白,为什么人家那地方发达富裕?打个比方,挑担子,一头勤劳,一头节俭,人家是一担挑着往前跑。而我们呢?客来酒店带,饭前甩老K,发烟是道菜,酒后茶楼拽。真是虚荣浪费啊!"

老范的一席话,让我深受教益,感触良深。顺着他的话题,我接口道:"是啊,古人说得不错:'从来好事天生俭,自古瓜儿苦后甜。'我理解了,也明白了,人家为什么'白天当老板,晚上睡地板'?道理正在这儿。"

这顿薄酒,与其说我给朋友洗尘,倒不如说朋友给我洗去脑筋上的灰尘,别有一番滋味。

旅途纪事

人在旅行途中,经历的事情太多,到后来,大多如云烟一样飘逝或印象模糊。唯有那些不经意间的细节感动沉淀下来,刻骨铭心,温暖永存。

上海问路

1980年孟春,我探家归队途中转道上海,看望在徐汇区驻军某部服役的中学校友。

这是我第一次踏入上海的土地。繁华的大都市恍若天上人间,傻傻的我看得发呆。我就像高晓声小说里的陈奂生头次进城,满目新奇,又像《红楼梦》里的刘姥姥初入大观园,眼花缭乱,茫茫然不辨东西南北。倘若时光落在今天,打开手机导航,要去哪儿都可精准定位,多么省心省事。可那时候,导航还是个遥遥无期的梦。我只能照地址寻路牌,穿过一波波车流人潮,走过一条条大街小巷,最终仍在迷宫里兜圈子,失去了方向感。无奈,我只得求助。

我立在路边张望,见迎面走来一位40岁左右的先生,看样子像是本地人,便一声"同志"把他拦住问路。我家乡口音重,普通话讲不标准。他听了半天终于明白我的问话后,只说了一句"跟我来",便掉头往前引路。我紧跟在他后面。约莫走了一刻钟,到了一个十字路口,他停步指着方向告诉我,向左再走一站路就到了。没待我说声"谢谢",他即转身往回走,消失于茫茫人海中。我按照他的指点继续往前走,可是走着走着又犯惑了,便停住脚步发愣。不得已,只好又问路人。这回问的是一位与我同向行走的先生,他同样十分热情,招呼我跟他一道走。他走路特快,大步流星,我紧追慢追有些跟不上,以致他不时回头望望停停,生怕我丢了,直至把我送到校友单位门口,他才扬扬手回身离去。当时我感动得无法言说,良久地伫立在那里,目送他渐行渐远的背影。

这两位先生,就是现实版的上海绅士。从此,我对上海和上海人越发亲切和敬重。

重庆住宿

刚刚改革开放那年,我在四川大足县(现为重庆大足区)驻军某营部当书记。一天,我带两个战士前往重庆市出差,办完事即赶到江北长途汽车站,购买了次日5点20分的返程车票,并就近投宿于"东方红旅馆"。

当时我们三人都是年轻小伙,精力旺盛,好动爱玩,晚上上街四处闲逛,饱览山城夜景,接着钻进电影院观看日本影片《望乡》,散场后又踏进火锅店品尝麻辣火锅。如此一耽搁,回到旅馆已是午夜时分。楼层服务员姐姐见我们这么晚回来,关切地问早上几点几分的车次,催促我们快点休息。

次日清早,酣睡中的我们被一阵敲门声弄醒,是服务员在叫我们起床赶车。于是,我们一骨碌爬起来打点行李,慌慌忙忙往车站奔去。临上车时,我忽然想起昨晚花13元买的一斤羊毛绒线还丢在床底下,心下舍不得。要是回旅馆取,车不等人,怕时间来不及。正愁苦犹豫间,传来"解放军同志等一下"的喊声。我循声望去,原来那位服务员姐姐跑着给我送来了。我十分惊喜,万分感动,心底不住地感叹:重庆山美水美,人的心灵更美!

蚌埠就餐

1984年暮春的一个中午,我在蚌埠火车站转车。因旅途劳顿,饥肠辘辘,便到附近一家饭店,打算撮一顿。

那时饭店大多还没包厢,厅堂里摆着若干方桌,菜谱就写在黑板上。我坐定后,招手叫来服务员,先点了一瓶啤酒、两个炒菜,待要再点两个菜时,那位约莫50岁的女服务员却摇手拒绝,连声说:"一个人够了,够了,多了浪费。"看我疲惫而又期待的眼神,她表示只需再加一份蛋汤,并边记菜名边轻声地说:"饭是粒粒辛苦,钱也是分分难求啊!"我想,这可能就是她不让我多点菜的原因。当时我不理解,甚至有些气恼,哪有这样做生意的?可转念一想,人家是为我这个不懂日子艰辛的年轻人着想啊!这样的服务员难得一遇。

多年后,一次,我在菜市场买苋菜。卖菜的是位老奶奶,她问我几个人吃,我说两个人,她说称七两就够了,多了浪费。奇了,这位老奶奶和那位饭店阿姨多么相似。我想她们都有着良善的情怀,懂得生活的不易,提醒我节俭过日子。每当想起她们说的话,我的心头就会敲起戒奢克俭的警钟。

谚语里的美味

祖先甚解人性，2000多年前便揭示，"饮食男女，人之大欲存焉"。男女且略，单说饮食。饥则食，渴则饮，乃是人的活命之道。但人奇异，求饱求润，不满足，又出于"口好味"，总想把锅里碗里那些干的湿的，侍弄得色香味美。于是探索尝试，身传口授，慢慢地，烹饪的经验便以谚语的形式在民间流传开来。回望众多烹饪谚语，一应美味之物之法尽在其中，不妨说，你若能记住它百十条，则可以成为半个美食家了。

我自小近庖厨，厨艺之长进，美味之多啖，也无他授，多由谚语作指南。我以为，美味者，要旨就在一个"鲜"字。围绕鲜，且将谚语里的美味归为四类，以博画梅之效。

时鲜。正如养生保健要顺应四时，品尝美味也要跟着季节走，讲求应时而新鲜。这从两方面说。一是依时序选物。以水产品为例,"春鲇,冬鳊,秋鳜,夏鲤""冬吃鱼头夏吃尾,春吃黄花秋蟹美""菜花蚬子清明螺""明前螺蛳赛肥鹅""夏季泥鳅水中参""小暑黄鳝赛人参",皆是物候有期。至于蔬果,除了新鲜,复求是嫩。"正月泥,二月蒿,三月四月当柴烧。"蒌蒿正月从泥土里抽出新芽,脆嫩清香,一碟上桌,不觉酒增二两。"头刀韭,花香藕,豆芽菜,大姑娘手。"一闻其名,口水就下来了。此外例如"尝鲜无不道春笋""秋天萝卜赛人参""立冬白菜赛羊肉"等等,都是凸显节令里的美味。二是循动植物生长期择物。"百日鸡,正好吃;百日鸭,正好杀。"百日鸡鸭,即童子鸡、童子鸭,非但味美,还是大补。"秤杆子黄鳝马蹄鳖。"这道菜,加姜末蒜米等作料红烧,肉质又嫩又软又滑,十二万分的好吃。"黑鱼仔,鳜鱼花,鲫鱼脑壳不吐渣。"黑鱼和鳜鱼体型若是太大,肉质纤维粗,吃起来容易塞牙,而鲫鱼三四两以上的,煮透了脑壳也硬,所以吃这些鱼宜小不宜大。"六月苋,当鸡蛋;七月苋,金不换。"时令嬗递,苋菜的味道也会跟着变化。苋菜尤以白苋菜为佳,含山县有一道名吃——水煮苋菜,就是用的白苋菜,口感极佳,令人吃着碗里还贪看着锅里。"韭菜黄瓜两头香。"上市与下市之际,这两种菜比较好吃,如韭菜春吃则香,夏吃则臭。

活鲜。"鱼吃跳,猪吃叫。"即是要吃刚宰杀的鲜货,演绎开来说,大凡食材,无论动物还是植物,总以鲜活为美。清人袁枚在他的《随园食单》里讲过一个故事。说他在广东的时候,曾到杨兰坡县令府上做客,吃了一道非常鲜美的鳝鱼羹,就想了解其烹饪的诀窍,对方说:"没什么,只不过是即杀即烹,即熟即吃,不停顿而已。"其他食物也可依此类推。我自己也有这方面的体验。我在四川待过多年,没见过卖死鱼,大小饭店都建有鱼池,养着各种活鱼,顾客点鱼自己选择指定,现捉过秤,然后宰杀现烧,味道果然嫩鲜非常。平日我喜吃火锅,每回都要点一份泥鳅。半小时炖熟了,尝一尝,我就能分辨出是现杀的还是早杀的。不过,活物固然鲜美,却不宜生吃,例如"生吃螃蟹活吃虾",即是醉蟹醉虾,佐以醇酒,味道鲜美是不错。殊不知,未经高温杀菌,蟹虾身上的寄生虫依然存在,人吃下去容易感染疾病,所以还是要谨慎,最好不吃。

物鲜。食材本身有优劣,如果食物原料低劣,即使类似历史上伊尹、易牙那样的名厨来烹调,也难成美味佳肴,所以选取食材不可马虎。这里姑且不论山珍海味,只说我们平常容易采办的食材。"天上的斑鸠,地下的泥鳅。"斑鸠极具营养和药用价值,烧、炸、卤、炖均可,味道堪与天鹅媲美。"泥鳅炖挂面,馋死一巢县。"泥鳅被誉为"地下海参",除了炖挂面,与莴笋合伴红烧,也别有风味。"狗肉滚三滚,神仙站不稳。"狗肉性热,宜在冬天吃。"大头菜,小头鱼。"前者指葫芦,后者指鳊鱼。鳊鱼宜清蒸,尤宜腌制作风干鱼为佳,而葫芦,比较同科的瓠子,味儿要淡雅清甜得多,在蔬菜中它和白苋菜一样,是我的最爱。这是说一种食材的整体,还有就是同一种食材,不同的部位有味差,比如,"公鸡的腿,鲤鱼的腰""猪前(腿)狗后(腿)""鳙鱼头,青鱼尾",这些部位都是精华所在,味道之好自然难得。例如鳙鱼,即是俗称的胖头鱼,脑袋大,脑袋斫下来可炖豆腐或单做剁椒鱼头,而青鱼即青鲩,其尾部称划水,宜红烧或清蒸,两者都是常见的佳肴,但若要掉过来,取青鱼头,鳙鱼尾,则会令人皱眉,不想下箸了。

  技鲜。说到底,美味最终都要靠烹调来实现,所以必须掌握一些基本的技艺。"厨师两件宝,好火和快刀""若要鱼好吃,洗得白筋出""好苋菜,揉三揉""绞肉黏,剁肉鲜"这些,是说手工的辅助作用。"五味调和百味香",调料使用得当增色,失当败味。"食有千般味,盐是第一位",用盐量以一个成人的年度量计算,"不咸不淡,十一斤半"。何以"十个厨师九个淡",因为可以"汤淡加盐,汤咸加醋"。又,"咸鱼淡肉",烧鱼可以略咸,但禽畜肉类宁可偏淡不可咸。事物相克相生,配作料也如是:"肉服蒜,鱼服姜""鲜鱼服辣椒,肥肉服烧酒""老姜蒸牛肉,子姜好炒鸭"。其实,"炒菜无巧,锅辣油饱",但要注意,最好"炒蔬用荤油,炒荤用素油"。火候当然要讲究,"揭揭锅,三把火""三滚不如一捂""气上房,不用尝""咸鱼咸肉,见火就熟""冷水煮肉,一开就熟"。而炒菜则要求火大速度快,如,"生葱熟蒜,韭菜一转""大火炒菠菜,落锅盛起来"。

依据阴阳平衡原理,菜品搭配应有讲究,注意寒热平衡、酸碱平衡、荤素平衡、五味平衡、五色平衡等等,这样不仅营养健康,而且味道好吃。例如,"虾子炒大椒,馋死一柘皋""大椒炒渣子,馋死一家子""千张炒韭菜,馋死杨仁泰",就是讲究的搭配。

此外,"厨师无巧,烂淡就好""千煮豆腐万滚鱼""透鲜透鲜,不透不鲜",都是讲烧菜要有功夫,火候先武后文,慢慢入骨入味才好。

中国的菜肴讲求色香味形,其中的形,赖于刀工刀法,如"分葱寸蒜""横切萝卜竖切姜""横切牛羊,竖切猪,斜切鸡",即是基本的技法。一席佳肴齐备,本着古言"美食不如美器",还要选择协调和谐的餐具配上,方才给人以视觉上的美感,从而激发人的食欲。

美食是品味,是享受,但从健康保健和心理感受起见,有句谚语当记住:"少吃多滋味,多吃伤脾胃。"